U0147158

慈悲喜捨每一天

讓愛無限延伸的365種修練

第十七世大寶法王噶瑪巴 鄔金欽列多傑 ── 著

了覺法師／了塵法師 ── 選錄

〈緣起與感謝〉

慈悲是有感染力的

法王說：真正的慈悲，是有感染力的。工作的人，要發願以工作帶給別人快樂，幫助別人，讓工作品質提高，這就是工作裡的修行和布施。有孩子的人，努力把孩子教養成慈悲利他的人，這樣養育子女本身就是一項修行。有伴侶的人，擴大對伴侶的感情，就成為對眾生的愛和慈悲。

每天聽聞噶瑪巴言教，在生活中依教奉行，是許多弟子的目標和理想——《慈悲喜捨每一天：讓愛無限延伸的365種修練》是實行這件事的助力。本書精選法王歷年開示，逐日一天一則都能得到法王的提醒，讓我們擴大愛與慈悲，心心念念都為淨化這世界，帶來和平而努力過好每一天的生活。

本書節錄近年來眾生文化出版第十七世法王噶瑪巴鄔金欽列多傑的幾部著作，以及法王於2005年至2015年間，在世界各地的重要開示、經論講授內容。主題包括有佛教相關義理和修持，如生死無常、禪修、慈悲，以及女權、全球環保、世界和平等切合時事的關懷。收錄內容按月集成十二個單元，一日一則語錄，作為日常生活的座右銘。365天，天天慈悲不空過。每月皆能敬向法王法像攝心，一日一讀，加持法雨均霑。

各月份首頁，為方便讀者記憶，列有各同月次的藏曆及農曆主要相關節慶。由於藏曆與農曆的曆制計算基礎不同，各月、日皆與通行的西曆（陽曆）並不完全對稱，和曆制之間的實際對應月份、日期，還請讀者從網路或相關資訊，檢索當年的對照表。

本書之選錄內容由了覺、了塵兩位法師發心，從法王大量而珍貴的言教中選錄，細心整理，並按內容分類，兩位法師耗費的時間、精神難以計量。在此為讀者能同霑法雨，共沐佛恩，向兩位法師致上深深的感謝。一切功德迴向所有以這本愛與慈悲的法語年曆，轉念成善、聞思修的法友，修行成就，一切有情離苦得樂。

眾生文化 編輯部合十

▶法王幼年與弟弟的合照，疼愛之情溢於言表。

1

JANUARY

菩提之愛

把如母眾生放進心中，菩提心自然遍滿一切，功德也自然遍滿一切。
將我的祝福，帶給這一年當中所有以任何方式與我結上緣的朋友，也帶給所有
在未來與我有緣的人。願您找到持久的喜樂與真正的平靜。

*六齋日：據經典，於六齋日行八關齋戒，行善修持，遠離災禍，成就涅槃。藏曆中禪定勝王佛日等各日，類似漢
　傳之六齋日概念，修持行善功德倍增，反之行惡，惡業亦倍增。

農曆一月

1	2	3	4	5	6
春節 彌勒菩薩誕辰					

7	8	9	10	11	12	13
	六齋日					

14	15	16	17	18	19	20
六齋日	六齋日 元宵節					

21	22	23	24	25	26	27
		六齋日				

28	29	30			
六齋日	六齋日	六齋日			

*農曆大月30日，小月29日。同一月份，每年大小月不定，表格自行依當年酌用。六齋日為初八、十四、十五、廿三、廿九（小月為二十八）、三十（小月為二十九）

藏曆一月【神變月】

1	2	3	4	5	6
禪定勝王佛日		第一世大寶法王 杜松虔巴圓寂日		第七世噶瑪巴 確札嘉措誕辰	

7	8	9	10	11	12	13
	第三世噶瑪巴 讓炯多傑誕辰 藥師佛日		千劫佛日			

14	15	16	17	18	19	20
	阿彌陀佛日			觀世音菩薩日		

21	22	23	24	25	26	27
地藏王菩薩日		大日如來日		蓮師日		

28	29	30			
第九世噶瑪巴 旺秋多傑圓寂		釋迦牟尼佛日			

*藏曆各月遇有「重日」、「缺日」的情形，表格請自用增刪。

*以下各月份頁農曆、藏曆表格為方便每年皆可使用，故對照西曆月安排。請注意三種曆法實際並不對稱。藏曆的「重日」指一個月中某一天會重複記日，例西曆2014年，1/16、1/17，對照藏曆，卻都是11月16日。「缺日」指一個月中跳過某一天不計，例如2014年，1/4，藏曆11月初三，1/5，藏曆11月初五，當月藏曆沒有初四，即所謂缺日。

| 元旦 |
| 1.01 |
| 星期___ |

法王愛的祝福

2011 年，新年開示與祝福

我希望將我的祝福，
帶給這一年當中所有以任何方式與我結上緣的朋友，
也帶給所有在未來與我有緣的人。
願您找到持久的喜樂與真正的平靜。
願我們所有共享這個地球的人，能夠和諧地一起邁入這個新的一年。
祈願在這一年中，我們能夠以關愛和敬重來對待彼此，
以及我們共同的家——地球。

| 1.02 |
| 星期___ |

人身網路世界

《跟著走，就成佛》，第 18 頁

我們擁有人身、具備了很多修持的善緣，在這樣的時刻，
要把自己的潛能開發出來，這樣「暇滿人身」才是有意義的。
我們人類並不是封閉的獨立生存，而是網狀的和所有眾生連在一起，
如果總是只想著自己的利益，那實在是浪費了有意義的人身，
打開自己的心，多去關懷別的生命，這是很重要的。

好的隱隱作痛

2012 年，第八世噶瑪巴米覺多傑教言：《無死甘露妙樹》開示

人為什麼會希求解脫呢？最主要是來自於信心。
要生起這種信心，就一定要先憶念死亡，
而且並非只是了知死亡就可以生起這種信心，
必須要像在心中隱隱作痛一樣，
日日夜夜都恆時有這種隱隱作痛的感覺，
憶念死亡時也要有這種的感覺，才會生起信心。
當心中真正生起深刻的「死亡無常」的覺知時，
對世間物質就不會生起欲望，也不再有希求心。

看見別人的功德

2015 年，第二屆讖摩比丘尼辯經法會：《解脫莊嚴寶論》開示

學習因果，是為了「看到自己的過失，看到別人的功德。」
若學習因果後，是看別人哪裡錯，就毫無意義；
「看自己過失」，不是要批評自己、自殘等等，
是帶著悲心和積極的心，看到過失並加以改進。
「看到別人的功德」，是指尊重他人。
如果可以如此地反省自我和讚嘆他人，自然就可以做到止惡行善，
否則，若只是很傲慢的學著因果道理，
是不可能真正做到止惡行善的。

1.05
星期＿＿

住持正法的人
《我願無盡》，第 91 頁

一個能夠降伏自心，對治煩惱，
將佛法用在心上的人，他就是弘揚佛教的人。
佛教不是用雙手去持有，也不是建設一座碉堡來保存收藏。
真正持守佛教，就是在心上正確地進行聞、思、修三學，
降伏自心，淨除煩惱。
做到這些的人，
就是一個住持正法、住持佛教的聖者。

1.06
星期＿＿

謹遵醫王教誨
2005 年，四臂觀音灌頂法會開示

單單只是相信三寶，是不足以讓我們脫離痛苦的。
你得皈依三寶，並依教奉行。三寶是有加持力，能使我們脫離苦海，
但是如果你不依教奉行，他們也幫不上忙。醫生和藥能治你的病，
但是如果你只是相信醫生卻不遵照醫生的指示和不肯服藥，
則我想你的病也不會好的。

「粹巴」箇中意

2010 年，第 28 屆噶舉大祈願法會

真正殊勝的供養，是要讓自他生起真正的喜樂。
藏文的供養，叫「粹巴」，但梵文的意思更殊勝，
就是讓我們心中生起「無漏的喜樂」。
任何行持都是為了對治煩惱，
供養是為了對治慳吝，你擁有很多，卻只分享少部分，
或擁有很好的，卻供養普通的或用剩的，這都是不清淨的供養。

佛教新生入學

2014 年，《解脫莊嚴論》開示

我常在想，初學佛法，要知道如何修持，要點是什麼等等。
它就像上學一般，要先找到一位老師，學習「什麼是善知識、
如何依止善知識、善知識應該具備什麼條件」等等之後，
再去依止一位具德的善知識，能夠引導實修的上師，會比較好。
如果不知何謂「上師」，及上師的「條件」和「依止之法」，
冒然依止某個人的話，是很危險的，
首先是分辨不出對方是不是位具德的善知識，即使依止的上師很好，
自己是否能夠把握、正確地依止也還是個疑問。

1.09
星期＿＿＿

慈悲錯不了

2014 年，開示：快樂的藝術

別人傷害我們時，如果我們對他們生起瞋恨或其他煩惱的話，
身為佛弟子的我們便犯了一個錯誤。
而且，如果我們還忘記他們也是受苦的眾生，
覺得他們不值得我們的慈悲的話，我們便是錯上加錯。
因為，我們總有對他們感到慈悲的理由，
雖然在某些情況下，我們可能覺得他們值得讓我們生氣或憤怒。
但這都取決於我們的選擇，
由我們決定以那個理由做為自己行動的基礎。

1.10
星期＿＿＿

做一盞明燈

2009 年，第 26 屆噶舉大祈願法會

快樂之因，是善心；痛苦之因，是惡心。
所以就算全世界都是壞人，
我也要做個好人。因為在社會上精進，
是不能沒有勇氣和堅持的。不管是出家眾或在家眾，
都要記住永遠要保持對世界的尊重、關愛和信心，
不管這世界多昏暗，都要堅持做一盞明燈。這就是「善心」的意義。

聰明不夠用

2014 年，《知一全解》大灌頂

現在的人是聰明多了，但其實是鈍根性，
因為各種疑惑、不相信的雜念愈來愈多。
原因是什麼？就是因為我們太喜歡在表面上引經據典、咬文嚼字，
但卻都沒有真正深入抓到要旨。
因此，我們應該好好祈請上師及諸佛菩薩的加持，
自己精進於聽聞、修持和思惟佛法，培養虔誠、恭敬的信心，
當這些條件具備的時候，才能真正了悟實相空性。

正向你我他

2011 年，杭特學院演講：悲心與心的真正本質

由於我們自身與一切眾生間有著互依的關係，
與他人相處時，培養一顆慈愛的心是特別地重要。
我們與他人之間的關係，有善緣，也有惡緣。
若是只關注於他人對我們的傷害的話，對我們實在是沒有太大的利益。
相反地，若關注的是與他人之間的正面關係時，
會增長我們內心中的感激與慈悲心，這樣才能真正地為我們帶來利益。
因此，非常重要的是，從正面的角度來看待我們與他人互依的關係，
感激眾生對我們的恩德，並且關心眾生的福祉。

1.13
星期＿＿＿

糾禪自然

2015 年，谷歌全球總部開示

禪修讓我們自然地接觸到自己不造作的本來面目。
我們人生的所做所為，
有太多是刻意將自己變成不是自己。
但禪修讓我們回歸自己的自然狀態，回到造就我們的本質，
而這可以是開展進一步功德特質的墊腳石。

1.14
星期＿＿＿

每天這麼醒來

2009 年，生活中的佛法開示

早上時，我們說要把修行帶入生活，要怎麼做呢？
早上一起來，就要憶念三寶，
再發起、投射出一個強烈的心念：
我今天一天之中，要盡力利益他人，至少不要傷害他人，
那今天就會是個「吉祥日」。

快樂的口訣

2013 年，教導美國學校學童以遊戲培養正念

快樂的真實修持口訣是：
對於你所擁有的，感到心滿意足。
如果你做得到，那麼這即是快樂的基礎，
也是快樂的要點。

打架不需要宗教

2012 年，第八世噶瑪巴米覺多傑教言：《無死甘露妙樹》開示

世界上各宗教的宗旨都是追求幸福與和平。
但是現在各宗教之間有很多矛盾，
大家都分別執著自己的宗教，拿著貪瞋的武器，在世界和平上製造裂痕。
因此真正搗毀世界和平的最大因素，就是對宗教的執著。
宗教最初的宗旨和現今的作為已是南轅北轍了。
要知道，我們不是要爭鬥才信仰修持宗教的。想要打架爭鬥的話，
根本不需要宗教，可以有其他的理由。
我們大家都提倡自由，雖有很多層次，包括解脫，
大家都希求獲得自由與幸福，因而才會有信仰，有宗教。

1.17
星期___

功德滿福寶
2009 年，生活中的佛法開示

發心受「菩薩戒」利益很大，它的功德如果有色相，則充遍虛空，
即使在睡眠中，也會不斷增長，這是經典清楚提到的。
盡一切虛空處，只要有眾生的地方，就有煩惱，
只要有煩惱的地方，就有我慈悲的對象。
將如母眾生放進心中，
菩提心自然遍滿一切，功德也自然遍滿一切。

1.18
星期___

明白老實修
2013 年，與五百名印度佛教徒會面

如果你真正明白自己為何修持，
就會瞭解你的修持與你的生命之間的關係有多深，
就會瞭解你的修持如何幫助你活出一個好的人生。
你必須明白自己在做的修持及其目的，這非常重要。
若宗教變成只是你遵循的一項傳統、或習俗時，
就會有看不見修持在個人層次上的利益的危險。

危機就是轉機

2015 年，禪修指導

從佛法本身的觀點而言，修行者遭遇逆境其實是更好，
因為這給他更多學習和實際運用佛法的機會，
將佛法的修持融入逆境的經驗中。重點是如何看待逆境？
如果將逆境視為修行的機會，這就是利用它的最好方式。
一旦逆境生起後，就無法制止它，不讓它發生，
因此應該要善用它。惱怒於事無補，
最重要的是如何看待逆境，並且將它視為機會。

念佛法門正版懶人包

2012 年，第 29 屆噶舉大祈願法會

圓滿投生淨土的因有許多，只唸誦固然很好，
但如果要具備圓滿的因，要多聞思修，這是很重要的。
有些現代人比較喜歡簡單快速的，以為念念佛號就好，其他不用太多，
這樣並不是最圓滿、最清淨的因。這跟動機、心態有關，
如果只是求個簡單、方便、便宜，其實對法懷有一種輕視的心態。
這樣想要成就大的善行或善果，其實是很難的。
也有人覺得光念「阿彌陀佛」太容易了，而心生輕視。
不能這樣，要尊重所有解脫的法門。
想往生淨土的人，更要具備正知正見。

1.21
星期＿＿

厭輪迴求解脫

2012 年，第八世噶瑪巴米覺多傑教言：《無死甘露妙樹》開示

噶舉派的傳承祖師，
和大修行者們的修行中主要具足兩點：
第一，厭離輪迴的出離心；
第二，希望獲得解脫的希求心。

1.22
星期＿＿

佛法的利益範圍

2014 年，開示：快樂的藝術

若要成就今生的事業，有很多方法可以成辦，
不一定要靠佛法才能達到世間成就，
很多方法可讓你今生有權力及富足，
因此如果只著眼於今生，根本不需要依靠佛法，
你有各種途徑可以得到今生成就。
佛法主要是為利益來世，當然也可以暫時利益今生。
但對不信因果來世者，是不會對佛法感興趣，更不會想要修法。

1.23

星期___

修行就要動

2009 年，第三期華人宗門實修

修行有兩個意思，「修」是指心中的慈悲、關愛，
「行」是付諸身語的行動。要注意的是，
這兩個字，都是「動詞」，就是要付諸實際行動。
有行持，就會牽動整個社會，引起改變。
只有發願是不夠的，要展現於行為，修行的力量才會顯現出來。

1.24

星期___

拿出三種信心來

《愛的六字真言》，第 45 頁

不要再明天後天的蹉跎光陰了，
現在就要立刻生起對業果的勝解信心，
生起對上師三寶的清淨信心，生起對成就菩提的欲求信心，
帶著這三種信心，把身體當作是僕人、是舟筏，
以堅定的誓願，發憤努力地唯修正法。

1.25
星期___

告別魔軍

《我願無盡》，第 91 頁

毀壞珍貴佛教的真正原因是什麼呢？
就是佛教自己內部的分裂。
這種不和諧，導致了佛教的毀滅。
佛陀不僅一次在許多經典中做過這樣的授記。
所以我們一定要小心。
就算無法成為一個護持、弘揚佛教的人，
至少也不要成為毀壞佛教的魔軍。

1.26
星期___

勿忘釋迦佛

2011 年，《賢劫千佛灌頂》開示

我們最熟悉的就是釋迦牟尼佛，但有時候最不熟悉的也是他。
有很多人修持之後就忘了教主是釋迦牟尼佛。
口裡講的都是「我的上師」、「我的本尊」，卻忘了「我的教主」。
我們要記得釋迦牟尼佛，隨時恭敬他、感恩他，
這是很重要的一件事情，
尤其釋尊是整個佛教法脈的源流，
這是最重要的一件事情，我們一定要記住。

繫念眾生別瞎盲

2012 年，第 29 屆噶舉大祈願法會

我們不具備他心通，甚至有時候連察言觀色都不會，
大多是主觀的認為哪個人是壞人、哪個人是好人，
連客觀的、理性的去想都不會，都是主觀的判斷人事物。
所以大多時候真的就像盲人一樣，矇著眼來來去去。
這樣子的人，可能幫助眾生嗎？我們常說要幫助別人、利益別人，
但發願助人的人，心要非常非常的細，
心總是在關心著眾生的需要，而且無分晝夜，
總是細心觀護著、想著眾生需要，
如果你沒有這樣做，怎麼說是在利益眾生？更不要說成就佛道了。

計算別人的過失不會進步

2014 年，巡視帝洛普尼師院

對於自身暇滿的修行條件，我們一定要心存感激，
並將修持和學問運用在日常生活中。
無論做過多久禪修，修過多少儀軌，如果不積極改善自己的心續，
有意地鍛煉慈心和悲心的話，煩惱是不會減少的。
有些人不看自己的問題，卻專看別人的煩惱和過失，
這樣只會增長自己的傲慢，顯示自己沒有正確地修行。

1.29

星期＿＿

保持正念不嫌多

2011 年，教授《修次中篇》

我們必須隨時保持正念，
不論手上正在做的是什麼事情，
我們要善用心的明晰力，去觀察心念的生滅，
然後在一天結束前問問自己：「今天做了些什麼？」。
即便只能在一天當中的某些時刻，
或是只能對某些活動保持正念，
它也會讓我們的生活具有意義。

1.30

星期＿＿

明明白白不死心

2008 年，宗門實修：《噶舉祖師教言》開示

心的本質是什麼呢？也就是清涼。
清涼，也就是「明」、「覺」。
它是非常光明的一種覺照力量，是光明的、透徹的、清晰的，
能夠看到一切、照見一切，這就是我們這一念心。
它也是清涼的、喜樂的，有一種內在的平靜，
當你具備的時候，就算你知道自己明天會死，
你知道這個光明的心，是不會死的。

1.31

星期＿＿

一天一祝福

2015 年，《慈悲》第 89 期

每一天都是新生，
為每一天的生命帶來意義的話，人生就有意義，
所以每一天都要帶著一個祝福，
每一天帶著這樣的善心去完成每一天的任務與目標，
我覺得是非常重要的。

2

February

平等之愛

❋

生起悲心，就從你眼前
很容易對他的悲喜有感受的人開始吧！

農曆二月

1	2	3	4	5	6

7	8	9	10	11	12	13
	佛陀出家日 六齋日					

14	15	16	17	18	19	20
六齋日	佛陀涅槃日 六齋日				觀音菩薩聖誕	

21	22	23	24	25	26	27
普賢菩薩聖誕		六齋日				

28	29	30
六齋日	六齋日	六齋日

*佛陀涅槃日，各經典説法不同，漢藏説法亦不相同。二月十五是漢傳目前通行的説法之一。

藏曆二月【具實月】(苦行吉祥月)

1	2	3	4	5	6
禪定勝王佛日					

7	8	9	10	11	12	13
	第六世噶瑪巴 通瓦敦殿誕辰 藥師佛日		千劫佛日			

14	15	16	17	18	19	20
	阿彌陀佛日			觀世音菩薩日		

21	22	23	24	25	26	27
地藏王菩薩日		大日如來日		蓮師日		

28	29	30
		釋迦牟尼佛日

2.01

星期____

給你希望與勇氣

2014 年，接見非政府組織的女性賦權代表

如果我的存在能夠帶給他人希望和勇氣，
那麼我就心滿意足了。

2.02

星期____

拖延是一種浪費

2014 年，第 18 屆噶舉冬季辯經大法會開示

我們具足暇滿人身寶，每一秒都極為珍貴、都有機會去修持正法、
讓人生具足實義，浪費的每一分每一秒都是巨大損失，
因此，希望大家對於「暇滿難得人身寶」能善加利用，為所應為，
對於所應成辦的偉大事業，要馬上就去實踐行動，不要等明天、後天，
否則如果永遠推到「以後」，既是浪費，也是虛度。

接受，放下，再出發！

2012 年，《三主要道》釋論開示

依大自然的定律，有生必有死，無常是生命的必然，
那為什麼要恐懼呢？都是因為我們的貪執，害怕改變，
希望一切都不要改變，才有掛礙、有恐懼。當我們放下掛礙和貪執，
就會了解大自然的定律，接受未來必然的死亡。如果確定明天就會死，
我們就會將所有時間放在修行上；就不會貪愛親友，
就會馬上去盡所有力量行布施、做善行。所以憶念死亡吧，
沒有比這更甚深的法門了。

修行不能看心情

2014 年，第 32 屆噶舉大祈願法會

修行是要盡力的，如果不努力，
修行想要有成就、想要成辦自他利是不可能的。
所謂的法，所謂的修行，就是要調整、改變自己的心。
想要達到這樣的目的，是要有計畫性、有次第性進行的。
要做好計畫，我今天要做這樣的修持，有這樣的計畫，
按照這樣的計畫去修持是很重要的，
要不然只是看心情、隨意要修不修是不行的。

2.05
星期＿＿

每天更接近無畏之地
2015 年，第二屆讖摩比丘尼辯經法會

希望大家每天都能善加修持，讓自己的清淨心、智慧、
慈悲都日益增善，心性變得更加調柔，這非常重要，
以此改變自己心態，讓自己的信心、智慧、慈心、悲心、
出離心獲得增長，這就證明是真正皈依三寶。
依靠善加修持，才能更加靠近三寶，
同時越來越接近「再無有任何畏懼之地」。

2.06
星期＿＿

隨喜才能夠不鬼遮眼
2010 年，第 28 屆噶舉大祈願法會

我們對一切眾生任何微小的善行，也要隨喜。
有時我們有很大的分別心，對他宗他派的長處都看不見，
只承認自宗自派的功德，這樣是很危險的，會變成謗法的行為，
所以我們要對一切行持佛教法的人感到隨喜；
妄加批評，是對佛陀最大的傷害，就會成為毀壞佛法的魔軍。

自己是尊勝救護者

2012 年，第 30 屆噶舉大祈願法會

佛法中說善知識、老師有兩種，一種是外在的，一種是內在的，
後者也稱為內在的善巧方便。
外在的善知識是指提醒、告誡我們取捨、善惡之理的人，
內在的善巧方便指的則是我們的自心。
因為外在老師的告誡，最終還是我們自己要能善巧地去行持，
修行是自己的責任，離苦得樂是自己要努力才能得到的。
希望我們能夠隨時反省自心，隨時告誡提醒自己。
請記得：最好的救護者，就是我們自己。

煩惱的施與受

2014 年，開示：快樂的藝術

煩惱會控制我們，導致我們受苦。
但這樣的認知，往往只停留在智性的層面，
內心深處卻不這麼認為，因而無法將它完全運用出來。
如果我們能夠將此認知，真正地結合到情緒經驗中的話，
那麼在看到他人因陷入煩惱的魔掌而掙扎，行為變得愚昧時，
我們就能夠生起悲心、寬恕和愛心。
我們就會瞭解，以瞋恨來回應他們對我們的傷害，這完全不恰當。

2.09
星期____

煩惱，永別了！

2014 年，開示：快樂的藝術

通常我們很難遠離自己的煩惱。
因為我們尚未培養出其他可供依賴的資源，一旦遭遇壓力或困境時，
通常會向煩惱尋求慰藉或支持。
但是當心中從愛的力量得到信心時，
便能夠漠視煩惱而對它說：「沒有你，我可以活下去。」
培養內在的功德特質，就會具備愛的力量。少了愛的力量，
便會覺得沒有可依賴的，煩惱似乎成了有吸引力的友伴，
然後覺得想要且需要它。
我們應該藉由增長內在慈悲的力量，減少對煩惱的依賴。

2.10
星期____

心直，喜樂就通了！

2005 年，四臂觀音灌頂

具備正面的想法，使心更寬廣，更直接！以水流為喻，
如果水道寬廣也沒有彎曲，則水流亦會順暢而沒有阻礙。
如果心中狹隘，又習慣於拐彎抹角的思考，
則亦會影響良善的心靈活動，進而產生更多的心理問題，
最終也不會獲得喜樂的。

成佛的無限可能

2011 年，教授《修次中篇》

我們無法以單一的辦法來幫助所有的人，因此需要知道萬法，
需要具備遍知的能力，也就是需要成佛。
所謂「遍知」並不是說知道世界上總共有多少隻昆蟲，
而是知道能夠解脫眾生的所有方法。
此「遍知」之心、對一切萬法瞭若指掌之的心，
它始於對於每一法的關注。幫助眾生離苦得樂的方法有很多，
有些是源於修行的傳統，有些則非。
無論如何，重要的是我們能尊重並且瞭解這些所有的方法，
因為每一個方法，都能為具有某種觀點與性向的眾生，
開顯出一條修行的道路。

張開生命之網

《崇高之心》，第 48 頁

生命其實如同網子一般，是向外延伸出去到十方的。
我們拋出一張網，網子就向外擴展。
我們的生命就像這樣延伸出去，碰觸到許多其他的生命。
我們的生命可以向外延展，
並且成為遍及所有人的生命中的一部分。

2.13
星期＿＿

內在的幸福

2015 年，谷歌全球總部開示

現今我們的許多快樂，其實都是靠外在的事物。
禪修最重要的利益之一，
在於它能夠幫助我們與一種幸福和滿足感接軌；
而這樣的幸福和滿足，
我們內在自然就有，完全不靠外在的條件。

情人節
2.14
星期＿＿

佔有的愛不是愛

2009 年，生活中的佛法開示

有慈悲的愛，是要給他自由，而不是控制，
根據他的需要，給予全然的幫助，而不是以自己為出發點去佔有。
「不捨棄」是很好的，
但不可以貪愛心互相佔有，否則事情就會橫生變化。
愛應該是更開放、更多的給予和自由，
這樣愛和貪著就不會混淆不清。

播對種才有善收成

2011 年，春季課程：當下就是快樂

真正的快樂不是外在悅意的東西，而是回到自心，
安住在本具的善功德當中；痛苦也不是外在不悅意的東西，
而是內心的煩惱不安。所以要獲得快樂的人生，
就要開啟和培養內心的善種子，
同時也要盡量減少所有的惡念、惡行。

感恩是知足的寶

2012 年，第 29 屆噶舉大祈願法會

知恩、感恩，真的是很重要的一件事情。
為什麼呢？因為當一個人具有感恩的心，心會常常歡喜，
總是覺得很滿足，一個不感恩、不滿足的人，總是會覺得欠缺、飢渴。
一個常感恩的人，會覺得自己很幸運，有時候其實沒什麼道理，
但他這樣一想、一感恩，就變得很快樂。
這種感恩的心，對自己其實是有很大利益。

2.17
星期＿＿

八件好運招

2007 年，第 25 屆噶舉大祈願法會

八關齋戒是不殺生、不偷盜、不淫、不妄語、不飲酒、不睡高廣大床、
不非時食（過午不食）、不塗香及歌舞作樂。持守八戒的功德分別是：
不殺生，得無病長壽；不偷盜，生生世世皆得福樂；
不邪淫，來世莊嚴相好；不妄語，他人願聽從及敬重；
不飲酒，令正知正念升起；不睡高廣大床，受他人敬重、頂禮，
具身分地位；不非時食，來世飲食豐盛無匱；
不塗香，來世身有香氣令人歡喜；
不歌舞作樂使身心易於受攝，易得聞佛法。

2.18
星期＿＿

慈悲放大鏡

2009 年，第 26 屆噶舉大祈願法會

如果你為佛陀、為教法做事，要謹慎，
因為那是整體之事，會影響到眾人。
所以我們要隨時提醒自己，做佛法的事，不要混雜貪慾、嫉妒，
如果混雜人我之見、宗派之別，那就會沉淪到輪迴的更深處去了。
要放下自己，才會看見整體的利益和價值。
要觀眾生如母、生起慈悲心，
那就從眼前一位你真的很容易對他的悲喜有感受的人開始。

把握修持的重點！

2011 年，美國新澤西州傳授千手千眼觀音灌頂

我們是如此地沉溺於自我的貪愛與個人的利益當中，
以至於甚而對自身的我執渾然不覺。即使我們察覺到了它，
我們通常也還認不出它其實就是讓我們痛苦的罪魁禍首。
從認識到我們正在受苦的這個事實，
一直到面對造成我們痛苦的基本原因，
這已是在離苦得樂上跨出了非常重要的一步。
將焦點由痛苦之經驗轉移到痛苦之原因的這種轉變，
應該是精神修持的特點。

逃離我執鐵牢

2012 年，第八世噶瑪巴米覺多傑教言：《無死甘露妙樹》開示

我們的心就像是監獄中的犯人一樣，只能在狹窄的環境中走動，
平常只能夠和獄友及獄警相處，偶而有少數人探監，
接收世上訊息的門完全被關閉了，不知道外面的世界發生了什麼事，
與外界一切的連繫都完全被切斷了。
同理，我執也像是監牢的鐵籠子，把身體視為「我」，
外界的東西則視為「我的」，如我的親友、我的房子、我的車子……
對少許的東西生起一些執著；
覺得其他的一切好像與自己毫無關聯，也不會去關心在乎他們。
其實，世界上的人彼此之間都有直接或間接的關聯，
都是相互依靠才能存活的。

2.21
星期＿＿

認「真」你就輸了！

2014 年，開示：快樂的藝術

當我們對治煩惱時不要太過投入、太過緊張，如果太過投入，
反而會讓煩惱變本加厲，譬如你如果特別嚴肅投入去和煩惱較勁，
煩惱反而會嚴陣以待，這樣你輸了反而挺丟臉的、挺害羞的，
這樣兩者處於緊張對峙狀態，不是一件好事，也很難對治煩惱。
要像小孩子玩遊戲的心態一般，誰輸誰贏也不覺得害羞，
以此態度對治煩惱，可能會更好喔，就像是對煩惱說：
「有種你就過來，咱們兩切磋切磋、比比高下！」
以遊戲之姿來比出高下、輕鬆面對，反而會更好。

2.22
星期＿＿

了知戲夢起伏

2014 年，不動佛閉關：現喜淨土 56 天

要知道你們的起起伏伏、喜怒哀樂，都只是一個夢，一場戲！

心中要有愛

2013 年，應「普世責任基金會」之邀開示菩提道

世上昭然的痛苦所以持續不斷，在於我們的麻木不仁，
它是能夠將慈悲關閉的能力。麻木不仁是世界的終結者。
我們總以為世界的終結者是致命的傳染病，
其實隨處可見，缺乏慈悲的麻木不仁，
才是世界上最致命的終結者。

漲滿的氣球聚不了功德水

2013 年，第八世噶瑪巴米覺多傑教言：《無死甘露妙樹》開示

不論自己有多大的功德，但不要被此功德所誤而生起驕傲，
一定要恆持之前的謙虛，讓自心住在卑謙的低處！
否則一味地放任自己，目中無人的話，也會讓所得的功德退失。
我們的傲慢心已經太滿了，不能讓它再滿了，
再不能對這些功德生起驕傲之心。

2.25

分別心沒有上師

2003 年，上師與弟子

如果我們只管親近各自的上師，對其他上師就不聞不問，
這樣是不行的。
所謂「上師」，包括了根本上師、傳承上師各種不同類別的上師，
因此對於「上師」這個詞，應該要更廣義的去做思維。
否則，如果只承認自己今生所見到、所認識的上師，
對其他的上師就裝作一付視而不見的樣子，這樣是不可以的。

2.26

別把佛法混俗了

2010 年，大眾口傳開示

修持佛法的目的，是否只是為了求得此生的安穩與舒適？
如果我們修持的主要動機，是為了獲得暫時的舒解與放鬆，
或是希冀長壽與財富，那麼，
這就是表示我們已經將修持佛法變成另一種世俗的追求了。

空性之劍

2015 年，西雅圖：見空起大悲

一把極為鋒利的劍能夠斬斷金屬，
而對空性以及我們必須倚賴他人而存在的瞭解，
就像是這把利劍一樣，如果我們把空性之劍，
或是相互依存之劍磨的非常銳利，那麼我們就能夠完全切斷、
摧破我們身陷其中的我執和自私的鐵網。

無常處處創新機

《慈悲》雜誌第 89 期

生命一直不斷的給我們機會，因為無常，無常的意思就是變化，
比如你今天早上做得不太好，這個也沒關係，晚上你就有機會，
因為時間在變，自己也在變化。當中，你也不一定一直做舊的人，
有一個生命力，你就有機會改變自己的命運。

2.29
星期＿＿

請不來的虔敬心

2012 年，〈金剛總持祈請文〉開示

由於每個人的背景、根器和心性程度，自然有不同程度的虔敬心，
這是要次第培養、去開發的。
我覺得，虔敬其實可以從周遭人與人的關係中去培養、去練習。
你可以先試著從看別人的優點、功德開始。
一個人不可能完全沒有優點，
就算只有一個優點，我們也應該看到，並且隨喜。
這是培養虔誠心的開始，
這樣慢慢練習，才有可能生起「視上師如佛」的虔敬心。
如果在生活中不練習的話，
虔敬心沒有辦法突然透過迎請，譬如吹奏嗩吶、持香迎請來的。
它要從生活當中一點一滴培養起來的。
如果你總是不在乎、不尊重周遭的人的話，是沒辦法培養虔敬心的。
你可以先從改變自己開始，要試著在乎、尊重周遭的人。
有了這樣的改變，慢慢的虔敬心才會培養起來。

3

March

空性之愛

真實的空性顯而無實，不須刻意思維和分析。
證悟「顯而無實」，再也不須要阻止什麼，空掉什麼，或者作出什麼空性，
而是萬法存在的當下。

農曆三月

1	2	3	4	5	6
7	8 六齋日	9	10	11	12	13
14 六齋日	15 六齋日	16	17	18	19	20
21	22	23 六齋日	24	25	26	27
28 六齋日	29 六齋日	30 六齋日				

藏曆三月【具香月】

1	2	3	4	5	6
1 禪定勝王佛日	2	3 第二世噶瑪巴 噶瑪巴希圓寂日	4	5	6
7	8 第四世噶瑪巴 若佩多傑誕辰 第十世噶瑪巴 確映多傑誕辰 藥師佛日	9	10 千劫佛日	11	12	13
14	15 阿彌陀佛日	16	17	18 觀世音菩薩日	19	20
21 地藏王菩薩日	22	23 大日如來日	24	25 蓮師日	26 第十五世噶瑪 巴卡恰多傑圓 寂	27
28	29	30 釋迦牟尼佛日	31			

3.01

星期＿＿＿

愛的無盡延續

2011 年，杭特學院演講：悲心與心的真正本質

我遇到許多與上一世的大寶法王——
第十六世大寶法王有著深刻因緣的朋友，內心感覺就像是故友重逢；
因此，第十六世法王所建立起的關係與第十七世所建立起的關係，
它們之間遂有了一種延續。對我來說，
這個經驗讓我的內心生起了一種真正的信心，讓我認識到，
愛與友誼的強大力量，可以由一生延續到下一生。
透過愛和友誼而與他人所建立起的關係，不僅只持續到此生，
還能延續到來生，甚至在來生更歷久彌堅。

3.02

星期＿＿＿

人身是塊功德寶

2011 年，開示：古老的智慧，現代的世界

我們都有人身的寶貴支援，以及能夠辨別何者有害、
何者有益，知道該如何取捨的珍貴能力。
因此，由於我們有這個人身和這個辨別力，
我們都有能力以非常非常寬廣的方式來利益許許多多的眾生。
如果我們能夠真的將這個機會付諸行動的話。
如果我們這麼做，我們都會有美好而有義意的人生。

好壞境界不沾鍋

《你是幸運的》推薦序

佛陀曾開示：「一切合成之物皆是無常的。」
如果能夠認知到圍繞著我們的萬象，是無常、是相對真實的，
那麼在無常和相對真實的世界裡，
我們不會也不可能永遠陷落在壞或好的情境中，
所以當面對生命變化時，心的體驗就會比較穩定與自在。

煩惱少，成就大

2014 年，春季課程

真正的成就，就是煩惱減弱，當你發現修持後煩惱減弱，
就已經得到了成就，就應當感到滿足、歡喜。
相對的，若是煩惱愈來愈增長，
即使此時得到了有的沒的大小成就，都無益處，
這些都不是一個佛法修行者需要的成就。

3.05

星期____

皈依真實義

2007 年，第 25 屆噶舉大祈願法會

皈依最重要的是「心」，而不是形式。
皈依者皈依的是佛法僧三寶，而不是傳戒的人。
皈依三寶就是要有親近三寶的心。
皈依佛之後，不皈依外道神魔；
皈依法之後，不可傷害眾生；
皈依僧之後，不結交惡友。

3.06

星期____

不識貨的迴向

2012 年，第 29 屆噶舉大祈願法會

不論你作了任何善行，都要迴向成就圓滿佛果，
那麼在直到成佛前，這個善會都一直陪伴著你；
不然就算造了很大善功德，卻只迴向很小的目標，
這個大功德就浪費了。
就好像把旃檀木拿來當柴燒一樣，旃檀木是非常貴重的，
卻當木柴燒了實在很可惜；
就好像我們造了很清淨、很大的善功德，
迴向的目標錯誤，就浪費了這樣的善功德。

挑上師毛病，找自己麻煩

2012 年，〈金剛總持祈請文〉開示

我們為何首先要依靠一位老師？是因為這位老師有一些功德、優點，
想要學習這些優點，所以想要依止，這就是一個重點。
因此剛開始我要依靠某位老師時，要觀察他是否值得我依止，
看他是否真正具備德行，當你下定決心要依止他後，試著多看功德，
因為你必須把他的好處、功德、善的部分體現出來，
不要總是看他的過錯，不然有的時候明明是很好的老師，
卻因為我們自己的煩惱和負面情緒，把他當作是不好的。

真誠的支持女權

2015 年，普林斯頓：性別、環境與行動主義

女權的恢復和充分賦權女性，必須遠遠超越外在的形式、
制度化的機制或組織結構等等，這些必要措施。
例如在我自己的傳統中恢復比丘尼戒，還有女性投票權，
乃至各國女性競選總統等史上著名的變革。
它們本身並不足以真正恢復女性的權力或真正賦權女性。
我們需要的是真誠的瞭解、愛和尊敬。
我們需要瞭解彼此，而且必須是真的瞭解，不能是虛偽造作的。
此外，還要有愛和尊重，
這必須建立在人的基本良善和對彼此的關懷之上。

3.09
星期____

如小孩般的發善心

2014 年,德國:開展內在的平靜──禪修的藝術暨文藝表演

無論做什麼事情,都應該讓它自然自發,就像小孩般的無拘無束,
尤其我們想幫助一個人的時候更是如此。
我們的慈心和悲心應該是自然自發地生起,
即使這代表著自己有時會被拒絕。就算我們只是單純地想幫助別人,
但如果想太多,過於概念化,反而會在行動時形成干擾。
因此,在表達我們本俱的慈悲時,讓它自然自發的展現,
這點非常重要。

3.10
星期____

利益眾生要把握

2010 年,秋季課程圓滿日開示: 與世界同悲喜

即使我們給予眾生的利益微薄,我們也可以這樣來想:
在經歷了這麼多世的等待,我們現在終於有利益眾生的機會了,
並因此而感到歡欣鼓舞。
這樣,在為如母眾生的幸福而努力的每一個機會當中,
我們將會充滿熱忱與喜悅。

當下的空性

2007 年，《大手印五支證道歌》開示

雖然禪修前的確要對空性有一些知識，但是真實的空性，
它是顯而無實的，完全不須要刻意去思維和分析。
當你證悟「顯而無實」的時候，你再也不須要去阻止什麼，空掉什麼，
或者作出什麼空性，而是萬法存在的當下，
或者說在你心中顯現的當下，空性同時在你心中生起；
空性生起的當下，你也知道任何顯相都不是真實。

正念轉化煩惱

2014 年，開示：快樂的藝術

我們必須培養源於個人經驗的了悟，
瞭解我們內在無明的厚重有多麼黑暗，瞋恨的熾火有多強烈。
所以，正念覺知在這裡扮演著重要的角色，
它能夠讓我們認出並觀察我們的經驗，而不是糊里糊塗地經歷一場，
最後什麼教訓也沒學到。
同時，我們必須努力奮發，恆常積極地觀察自己，
在不同的情境下，從各個不同的角度，觀察自身的煩惱。
當我們具備審慎觀察它們的能力時，我們就能夠轉化煩惱的現狀，
將我們因煩惱而犯下的錯誤，轉化為自身靈性增長的工具。

3.13
星期＿＿

什麼都有卻不快樂？
2010 年，《勝道寶鬘集》釋論

人生最大的痛苦就是我們的心太混亂了，無法平靜下來，
因此我們想要得到快樂卻總是得不到。
我們以為快樂就是買一台新車，買一間富麗堂皇的豪宅，
或者找到一個伴侶，結婚過日子。
但是你會看到，有些人這些全都得到了，但也沒有真正快樂過。

3.14
星期＿＿

佛法要的不是精采
2012 年，第 29 屆噶舉大祈願法會

法說得再精采，如果沒有觸動你的心、
利益到你的生命，也是沒有意義的。

善願無法裝模作樣

2007 年，第 25 屆噶舉大祈願法會

我們應該像諸佛菩薩發願利益無量眾生一樣地發願力行，
並盡力去利益眾生，這樣我們必然會得到善的結果。
處在律儀清淨的僧團之中，我們尤其要抱持如此的願心，
讓身心都符合律儀，都符合佛法。
總之，這一切都取決於我們自己的心。如果我們有這種善願，
結果必然是善的。反之，如果沒有這樣的善願，
不論我們如何裝模作樣，結果都不可能是善的。

宗派是福德路障

2014 年，第八世噶瑪巴米覺多傑教言：《無死甘露妙樹》開示

佛法是一切福德的泉源，想要利益眾生及幫助眾生得到安樂，
主要要依靠善因，首先區別善惡，教導眾生懂得取善捨惡之道，
這樣才能利益一切眾生。
護持佛教的目的，是為了讓一切眾生最終獲得究竟快樂，
因此我們不論是動機和行為上，都要有長遠打算，
去思維「這是非常偉大的事業」。
否則若僅是護持自己教派，例如閱讀經書時，
常會看到護持自己教派的觀點，或自命為岡倉行者，
為了噶瑪噶舉等某個教派、或某個寺院、
某幾人的利益而做事的話，這樣會阻礙佛教的弘揚。

3.17

星期＿＿

痛苦人人有，勇氣不能忘

2004 年，《修心七要》開示

這個世間本來就是無常的，善惡不斷交替生起，而且大多是惡的。
因此碰到惡的境界也居多。由於無常，各種的困難當然也不斷生起。
我們會想：難道只有自己有這樣的痛苦跟困難嗎？
若是如此的話，我們當然可以去痛苦、去憂愁，
其實以人為主的所有眾生都會有痛苦跟困難，
有些甚至比我們更加痛苦困難。
當我們這樣想的時候，會發現自己的痛苦跟困難也不算什麼了，
並且自然地升起了一種膽識、勇氣及氣魄，
明瞭當我們未來能夠將這些苦難除滅的時候就會擁有幸福，
這樣子的心即是修心之後的「證量」，也可以說是修心的結果。

3.18

星期＿＿

降伏自心這一乘

2014 年，春季課程

當我們談到正法時，
都會聽到有所謂「三乘」、「顯密」的很多分類。
雖然有這麼多的類別，本質上都是佛陀開示的正法。
當一個行者要開始實修、勤修正法時，
要具備的一個重點，就是要讓這些法真正能「降伏自心」。
要讓這些法能夠成為煩惱的對治，讓粗糙散亂的心得到平靜調柔。

少煩惱才是真指標

2014 年，開示：快樂的藝術

修法真正的徵兆，是改善自己頑固的心。
當你的心真實改善時，你的煩惱會增少、淨相會增強、菩提心會增大、
增長的功德一天比一天好、今天比昨天好、今年比去年更好，
這樣逐年更上層樓，因此我覺得所謂「修法好壞」，
要看「煩惱是否變小、信心是否增強」，
而非執著於把微小徵兆視為修行好壞的判斷標準。

修行不是在分宗派

2012 年，接見華人信眾給予佛法開示

為什麼我們要修行呢？因為我們需要一種內心的和平、寧靜，
需要一種人與人、人與眾生之間的和諧，能夠結上一種關愛的善緣。
但是，我們有時候會發覺自己修行之後，反倒變得更固執；
比如說「我是佛教徒，他是異教徒，是屬於什麼什麼……」
佛教裡面也有很多的宗派，尤其現在修藏密的人，
因為藏密有很多的傳承，就會說我是哪一個教派的，
白教、花教、黑教，反正就是宗派的執著、分別心很強。
修了之後，反而更糟糕，變得更有分別心，更不和諧。
這樣，我覺得修行就沒什麼意思。

3.21
星期＿＿

虔敬的目標是成佛
2014 年，傳授密勒日巴傳的精髓

「虔敬」的藏文是「慕舉」（藏文：möü），
是由兩個字的第一音節組成的：「慕巴」(möa) 和「舉巴」(güa)。
「慕巴」意思為渴求、仰慕，「舉巴」意思為恭敬、熱切。
所以，虔敬指的是為達圓滿的證悟。
我們不只是要奉獻自心，在身體和言語上都要有所行動，
而不是散漫地想著：「如果我證悟了，那挺好的。
如果沒有證悟，那也不算太糟。」
我們應該要像密勒日巴尊者一樣，具有恆常的虔敬和堅定的勇氣。
只是對佛燒香是不夠的，我們自己必須成佛。

世界水日
3.22
星期＿＿

環保也是菩薩行
2014 年，開示：快樂的藝術

要成辦何種事業可以利益到一切眾生？環境保護。
我覺得環保是極為重要之事，保護山林及週邊環境，
並非僅對人類而言，對於一切普天下眾生都會有利益，
堪為真正的菩薩行。

拜見上師不是在集點數

2010 年，大眾口傳開示

不要因為來到了聖地、見到了偉大的上師、
得到了灌頂、口傳、與開示等，就感到自滿了。
在場的大多數人，都已拜見過高僧大德，
也參加過許多類似殊勝的活動，
但是四處去蒐集如此的經驗，並非是修持佛法的要點。
重點是，要讓所聽聞到的佛法，
能真正地轉化我們的內心。

修行是在精神鍛練

2012 年，接見華人信眾給予佛法開示

修行不是像有些人以為的，覺得修行就是一種舒服的精神按摩。
有時候你覺得很煩躁，心裡有一些不愉快，以為精神上按摩按摩，
暫時覺得舒服一些、輕鬆一些，以為修行這樣就算完成了，
好像就那麼簡單──其實並不是這樣。
修行是一種磨練，像是一種軍隊的操練，
我們一定要精進、一定要投入，一定要在真實的生活當中，
把它實踐出來。就是要實踐、要實修，這樣才能成為真正的修行。

3.25

星期___

體會當下的滋味

2013 年，教導美國學校學童以遊戲培養正念

我們必須無時無刻注意自己的起心動念。
我們可以這麼說，具有正念覺察便是活在當下。
通常我們從早到晚忙忙碌碌，一天快結束時，
卻不知道自己究竟做了些什麼，不覺得自己有嚐到任何所做的滋味，
這是因為我們沒有處在當下。
因此，具有正念覺察的特徵即是處於當下，
能夠品嘗、體驗到當下的所作所為。

3.26

星期___

分派是挖輪迴井

2009 年，第 26 屆噶舉大祈願法會

我們如果沒有實修，學佛之後，反而執著強烈的宗派之見，
忘了當初學佛，是為了幫助眾生從輪迴中出離，
反而陷入宗派之執、人我之別，就沈淪到輪迴的更深處去，
那宗教就真的變成害人的毒藥了。各位要注意，
不要陷入宗派之見的陷阱中去了。

濫用網路只是在打結

《慈悲》雜誌第 89 期

網路發達也會帶來一些問題，
以前私底下說的話，現在都放在網路上，弄得人盡皆知。
這讓人感覺時代亂糟糟。
其實應該說人心本來就這麼亂，私底下也是這麼骯髒，
只是現在把腦子裡很多東西都曝露了。
然而這沒有正面的效果，反而引起更多負面的糾結。
我覺得我們需要的不是糾結，而是一種解脫。

別和煩惱當朋友

2014 年，開示：快樂的藝術

對治煩惱的這個過程可能令人感到困惑，
因為煩惱是我們的一部分，與之作戰的也是我們自己的一部分。
在內心深處，
我們可能覺得這些煩惱一直以來確實對自己有益、有恩德，
因此，我們無法將它們置之於死地。
我們可能受到它們的吸引，覺得它們是忠實的朋友。
這就是為什麼我們要清楚深刻地認出，
煩惱確實完完全全對我們有害，
而這樣的認知是我們修持佛法不可或缺的一環。

3.29
星期＿＿

別像隻蜜蜂過活
2012 年，第八世噶瑪巴米覺多傑教言：《無死甘露妙樹》開示

有的人總是說：我要等到年老後，臨死前再去修法，
貯存財物就一定要在年輕力壯時，希望年老時可以享受，
也就是預存一筆養老金。
然而，這就像蜜蜂採蜜一樣，雖然蜜蜂每天辛勤勞作，
努力去貯存蜂蜜，最後仍然被採蜜的人把所有的蜂蜜都帶走。
同樣的道理，即使自己如何努力的去積蓄財物，
到最後自己能否享用到這些仍是一個未知數。

3.30
星期＿＿

頂禮一切美善功德
2010 年，第 28 屆噶舉大祈願法會

我們頂禮時，有時雖然站在佛陀的面前，卻想著自己的煩惱。
頂禮對佛沒有意義，他不需要被頂禮，有意義的是我們自己。
蜜蜂有蜜皆花，不會擇花採蜜。
我們頂禮也是只要具備功德、優點，都要頂禮、讚嘆，
我們不只向十方世界佛菩薩頂禮、讚嘆，
也要頂禮所有世間的美善和功德。

注意善心阻生菌

《報告法王我做四加行》，第 57 頁

所謂的惡友，是指我們自身最細微善因的摧毀者，
這樣的人就被稱為惡友。所以對於這樣的人，我們一定要注意，否則，
很多時候我們總要等到很大的問題發生了，才赫然發現那是不好的，
而對於當時到底自己是如何從小處慢慢被影響和轉變，卻毫不留心。
因此事實上，要見微知著啊！
對於那些障礙我們細微善心生起的人，都要特別留心。

4

April

大地之愛

❋

全球環境敗壞的根本原因，在於無明和自我中心。
我們仔細想想一切生存所需，便會瞭解到自己的存活取決於身外許多因素，
並能體會到與萬物的相互依存性。

農曆四月

1	2	3	4	5	6
			文殊菩薩聖誕		

7	8	9	10	11	12	13
	佛誕日 六齋日					

14	15	16	17	18	19	20
六齋日	六齋日					

21	22	23	24	25	26	27
		六齋日				

28	29	30
六齋日	六齋日	六齋日

藏曆四月【薩噶月】

1	2	3	4	5	6
禪定勝王佛日					

7	8	9	10	11	12	13
佛誕日	藥師佛日		千劫佛日			

14	15	16	17	18	19	20
	佛成道日 佛涅槃日 阿彌陀佛日			觀世音菩薩日		

21	22	23	24	25	26	27
地藏王菩薩日		大日如來日		蓮師日		

28	29	30	31
		釋迦牟尼佛日	

(藏曆四月十五日為佛陀三重節，因為藏曆中四月為有佛誕、成道、涅槃三日)-->因為藏曆四月裡有佛誕、成道、涅槃三)

4.01

具足實義的承擔

2014 年，第 18 屆噶舉冬季辯經大法會開示

很多人問過我，當你被認證為噶瑪巴時，你有什麼感受？
我的回答是：沒有什麼特別感受，只會盡力把握機會去承擔。
所謂「快樂」及「具足實義」，如果要衡量這兩者熟輕熟重的話，
因為有責任之故，要盡力承擔責任，
即使沒有太多「快樂的日子」也沒關係。

4.02

善用本具智慧

2011 年，美國紐約：《賢劫千佛灌頂》開示

身為人都有一種特質、具備一種智慧，
知道如何得到究竟長遠的快樂，能明辨善惡、知道取捨，
這就是我們的基本特質。如果我們沒有這種基礎、特質，
就無法透過佛法修持得到成果；
如果善用此特質並努力修持，確定可以得到佛果。

今生大事馬上做

2014 年，第 18 屆噶舉冬季辯經大法會開示

很多人會先將瑣事放在前，埋首於無關緊要之事中，
反而將想做的廣大、偉大之事放在後，他們可能還沒有想到過，
若大事都還來不及開始，自己就先過世，又該如何呢？
因此應該善加思維，今生真正要做的最重要事情為何？
何謂具足實義之事？

修行就像備戰

2014 年，第 31 屆噶舉大祈願法會

兵法說：「養兵千日，用在一時。」
我們花很多時間、經費在訓練和教育，目的就是要打一場勝仗；
修持也是如此，修行像是和煩惱打仗一樣，
平時就要不斷去練習、去修持。
當逆緣、煩惱真正生起時，
才真正知道：「我的修持有沒做到？」
此時，佛法的力量才會展現出來。

4.05
星期＿＿

起床的修行
2009 年，第三期華人宗門實修

我們每天早上一起來，要憶持皈依戒，思維諸佛菩薩的功德，
發願「今天的一切身語意，都要利他，不傷害任何眾生」，
這就開始了「美好的修行的一天」。

4.06
星期＿＿

像密勒日巴一樣改變
2015 年，開示：無常

通常，我們會認為過錯如影隨形地跟著我們，沒有任何機會改變它。
其實完全不是這樣，無論任何時候都有機會改變它。
所以，我們無須花太多的時間解釋過去，
某人曾經做了、說了什麼，因此他是個什麼樣的人。不應該這樣想！
而是必須認識每個人都有改變的能力，就像密勒日巴一樣。
他在前半生殺害許多人，造作嚴重的惡業，
在下半生卻能精進修行，獲得偉大的成就。
我們也有同樣的機會。我們需要認識到自己擁有的這個機會！
真正把握它，努力善用這個機會，這很重要。

以無我參與環保

2011 年，佛法與科學對話研討會

當今全球環境敗壞的根本原因，在於無明和以自我為中心。
在想到「我」、「我的」時，我們會天真地以為自己是獨立而自主的；
但我們仔細想想一切生存之所需，例如衣服、食物、
甚至是呼吸的空氣，便會瞭解到自己的存活取決於身外的許多因素，
因而能體會到在根本上與萬物的相互依存性。
若要改變人們的想法，這樣的認識極為重要。

心中的祖師行持

《跟著走就成佛》，第 139 頁

過去祖師的行持不僅存在於經典、書本當中，它們存在於哪裡？
它們應該存在於我們每一個人的心中。
當你的心中，能夠具備上師的行持時，
你就是在持守與弘揚殊勝傳承的法脈，
釋迦牟尼佛和祖師大德們的心意，才真正得以圓滿。

4.09
星期＿＿＿

悲心的覺察
2011 年，德噶寺開示：悲心

悲心並不只是做出善良的行為；
事實上，悲心是在對萬法實相的認識下，
覺察到其他眾生的痛苦。

4.10
星期＿＿＿

成佛的施身法
2009 年，第 27 屆噶舉大祈願法會

寂天菩薩說：當你的心總是想著別人，
即使下地獄救個受無量苦的人，也覺得心如天鵝悠游蓮花池；
如果不是利他的事，就算往成佛道上去，也會覺得像下地獄。
一個菩薩會祈願痛苦的輪迴大海能乾涸，要和眾生同甘，
也要所有的眾生同樣止息痛苦。
真正的菩薩完全放下自己，把我執當敵人。
因為心量廣大，自己病了、死了也無所謂，
也不會擔心別人的病到自己身上來。
如果對此有所懷疑，就不算真正發起菩提心。

把煩惱當路人

2014 年，魯特學院開示：大手印面對煩惱的方法

大手印教言中說，生起煩惱的時候，你要看著煩惱，
心理也不用特別慌張，不用一有煩惱就覺得很恐懼；
但也不需要特別去跟它有所牽扯。這就有點像是你遇到一個路人，
雖然你看到他，但你也不會特別去跟他打招呼，或特別去跟他說話，
讓他愛怎麼走就怎麼走，你不用特別去跟他打交道。

心念發動機

2015 年，德里大學開示：小善的偉大

從我們心中的一個念頭，會讓我們說出一些話。
然後，我們會透過身體上的行為，將這個想法表達出來，
而我們身體上的行為會對人生和社會產生影響，
而這一切都源自於我們心中的念頭和動機。
因此，我們尤其要關注自己的心念。

4.13

星期＿＿

窮在不知足

2014 年，第 16 屆噶舉冬季辯經大法會開示

有位善知識曾言，「知足即為本俱財」。
不需去尋找，自身已具備，
若能心存知足之念，就是富人。
相對的，若不知足，
即使已身擁幾百萬美金，還是倍感匱乏。

4.14

星期＿＿

教法久住的根源

2006 年，第 24 屆噶舉祈願大法會

如入菩薩行論中所云，佛陀的法教是眾生喜樂的泉源，
為了利益一切眾生，因此教法需要長久住世，
那教法到底有沒有住留在世間，如果光僅僅是發願希望教法住世，
那也是不一定可以讓教法久住的。
而使教法住留的根本是僧團，因此需要一個清淨、莊嚴、賢善的僧團，
如此眾生見到了如法的清淨僧團自然會歡喜，
一切眾生任何時候都會生起虔敬心，
對教法也會生起尊重、尊敬之心，所以教法興盛的根本就是僧團。

心靈之道平衡點

《崇高之心》，第 235 頁

那些才剛選定一條心靈之道的人，
特別容易把這條道路看得太過嚴肅。
對這條道路變得自以為是，然後執著它，這才是真正的危險。
我建議各位要放輕鬆，給你自己探索的自由，
在完全一頭栽進去和保持不受約束之間找到一個平衡。

修道路上不逆向

2008 年，宗門實修：《噶舉祖師教言》開示

我們為什麼要修行？
就是要從痛苦、傷心難過當中出離出來，
從各種負面情緒當中出離出來。
如果你再往負面的角度去想，
只是苦上加苦而已，對修行的進步沒有任何幫助。
如果我們是從這光明的、互相友愛的、正面的方式去思維的話，
對我們的修持會很有幫助。

4.17

星期＿＿

看到什麼就修什麼

2007 年，參加祈願法會應有的心態

生存在這個包羅萬象的世界當中，
我們每個人從自己的窗口向外看的時候，
會看到各種不同的景象和畫面。
我們應該懂得如何順著這些景象而修持：當你看到無常，就觀修無常；
當你看到幻象，就觀想一切如夢幻泡影；
當你看到世俗世界的善惡景象時，
就應該思維善惡的取捨、正確地選擇斷惡行善。
我希望各位能夠明辨善惡，正確地持守該守的戒律。

4.18

星期＿＿

光聽沒作用

2014 年，第 16 屆噶舉冬季辯經大法會開示

當一位行者已經依止一位殊勝的具德上師，
且上師也已傳授了殊勝訣竅之時，
行者就已經有可依循的解脫成就之道，但此時若行者不加實踐，
僅停留在「聽聞」及「獲取訣竅」的階段，
那你得到訣竅與否，是毫無差別、也不會因此產生利益的。

真信心，要堅定

2015 年，紐約：皈依的意義

我們信仰的對象 —— 佛、法、僧三寶的功德似乎超乎我們的想像，
因此我們必須具有不為逆境所屈的高度信心。
我們要有無量的信心、無量的希望、無量的祈願，
還要一心專注在我們的目標上。
信心不只是對他人的信心，它也是對自己的信心，對自己的希望。
光是有祈願還不是真的有信心，當我們有真正的信心時，
自心會充滿喜樂和勇氣。

佛法沒有專屬誰

2014 年，蓮師伏藏《上師密集》灌頂

佛教是眾生的共同財寶、世間的莊嚴，
我們就像代管這寶物的管理員。
這樣一個難得的佛教珍寶，並不專屬於藏人、印度人。
佛教是一個共有的財寶，它是屬於所有眾生的。
所以真的不需要浪費時間去爭吵這是我的，那是你的等等。
我們現在的角色，就只是像個管理員一樣，
幫忙管理著、守護著這個屬於眾生的佛教珍寶。
我們要做的只有盡力地將這個珍寶用於利益眾生，
滿眾生的願，利益眾生的今生及來世。
任何的爭吵、分別都沒有任何意義的，因為這是屬於眾生的財物。

4.21

星期＿＿

求教法要像乞丐

2010 年，秋季課程圓滿日開示： 與世界同悲喜

在領受法教以及利益眾生的時候，
我們不應該像堅持要最新、最貴物品的富人一般地，
只對佛法中最高深的大手印、或是大圓滿等教法有興趣。
反之，我們應當像是個一文不值的乞丐，
對於所領受到的任何法教，都能心存極大的感激與歡喜。

世界地球日

4.22

星期＿＿＊

地球管理員

2009 年，開示：環境保育議題

人類只是地球兩百萬種物種其中一種，
卻濫用養育了兩百萬種生命的地球，讓資源有枯竭危機，
環境有崩解警訊，這豈不是因為自私而害了自己？
有些宇宙是共業所成，有些是加持所成，有些是願力所成，
這個共業所成的地球，忍護一切，守護一切，
即使是眾所鄙棄的惡人，地球也無私地接納，
需要我們好好守護。
如果傷害她，我們就一無所依了，請大家守護！

別當掛名佛教徒

2012 年，接見華人信眾給予佛法開示

我們自稱是一個修行者，追隨佛陀的腳步，
但如果只是擁有「佛教徒」的名號，是不夠的；
如果只是口頭上唸誦三皈依，或者是唸誦一些佛菩薩的佛號或咒語，
這樣也是不夠的。為什麼呢？
因為佛法講究的是一種改變、一種改善，如果缺少這種改善或是改變，
所有的外在儀式就沒什麼意義了。
所以，我們在真實生活當中，要成為一個很圓滿的一個人，
可以說是一個善人，一個行為端正、有品德的人，這是非常重要的。

花時間做自己

2011 年，杭特學院演講：悲心與心的真正本質

有時，我們日常生活是如此地忙碌，
以至於一整天都在忙不同的事情，完全被眼前的忙碌與工作捆綁住；
到了晚上睡覺前，卻回想不起一天所做的事情，
只知道自己是做了些事，卻一點也想不起來究竟是什麼事。
原因在於當我們一頭栽進忙碌之中時，心只是在追逐外在的事物，
失去了對本來面目的珍視。
心失去了對自身的正念與覺知，而只專注於追逐外在的事物。
就這樣，我們把自己迷失在各種的活動當中。
因此，我認為：給自己時間做自己。很基本，卻很重要。

4.25
星期___

感受呼吸的難能可貴

2011 年，春季課程：當下就是快樂

快樂並不是擁有什麼，而是抱持什麼態度。
我們每天都在呼吸，如果可以去感受呼吸，
感受呼吸的難得可貴，就可以體驗到生命的喜悅，這就是快樂。

4.26
星期___

傲慢是路障

2014 年，開示：快樂的藝術

傲慢之心會去看低和藐視別人，會成為阻礙我們增長善業的違緣，
會令我們善業難以生起，因此每天的循序漸進修法中，
傲慢會成為最大障礙，因傲慢而覺得自己了不起而因此不尊重別人，
生起我慢，而阻擋了功德之門，不認同別人的功德而去誹謗。

不因人廢法

2014 年，第 18 屆噶舉冬季辯經大法會開示

講法者即使具備千種過失，即使在此過失下，連站立都困難，
但所講之法具足實義，是善說之法的話，
如果聽聞者能修持此法，也會有所成就。
也就是說，雖然講法者有過失，但不代表所講之法有所過失。
希望大家在修持上，懂得善巧的取捨。

快樂真的很簡單

2015 年，美國威斯康辛：快樂比想像的還簡單

我們習慣於以複雜的手段追求快樂，像辛勤工作，或努力賺大錢。
然而傾注全副心力在這樣的事情，通常只會讓我們不快樂。
我對快樂的體悟是：快樂跟注意到稀鬆平常的東西有關，
而這些東西往往在日常生活中被我們忽視。
為了不錯失對簡單的覺知和生起滿足的機會，
我們必須培養正念覺知。甚至經過許多年的修持，
最後我們可能恍然大悟，原來它就是這麼簡單。

4.29
星期＿＿

佛法的除舊布新

2015 年，舊金山開示：煩惱的對治

佛法的修持意味著以新的習慣來取代舊的習氣。
我們必須學習如何去除具破壞性的情緒和煩惱，培養慈悲的習慣。
修持將我們的性格予以轉化，而這可能會很困難。
如果我們的性格中具傷害性的瑕疵，那麼從修行角度來說，
這些就是要去轉化的。例如，如果性格中多瞋恨或嫉妒，
那麼這些都必須加以轉化。改變我們的心，就能改變性格；
改變我們的性格，就能改變人生。

4.30
星期＿＿

環境雖轉，行持不轉

2010 年，噶瑪巴九百年活動：聖地開幕式

在實修傳承的體系中，由於個人、地域和歷史的境況，
我們這些追隨者已經遠離了過去祖師們的主寺、僻靜處、山隱處。
我們居住在充滿散亂嘈雜的處所，使得學習和修持嚴重衰退。
在這樣的年代裡，我們應該要知道：
執持、守護和弘揚無垢的佛法，是我們每一個人的重責大任。
它呼籲我們要憶念尊勝祖師們的恩德，持守戒律無有違犯，
以清淨的利他發心盡力從事菩薩的行持，並致力於學習和修持。
它也鼓勵我們在這個堅實的基礎上，
在自己的能力範圍內盡己所能地利益眾生和教法。

5

May

如母眾生之愛

❋

當繫於眾生的心念通過無數次依止修持達到很高成就時，
就會格外關愛眾生，如同珍惜自己一般去愛戴其他眾生。

農曆五月

	1	2	3	4	5	6
					端午節	
7	8	9	10	11	12	13
	六齋日					
14	15	16	17	18	19	20
六齋日	六齋日					
21	22	23	24	25	26	27
		六齋日				
28	29	30				
六齋日	六齋日	六齋日				

藏曆五月【作淨月】

	1	2	3	4	5	6
	禪定勝王佛日					
7	8	9	10	11	12	13
	藥師佛日		千劫佛日			
14	15	16	17	18	19	20
	阿彌陀佛日			觀世音菩薩日		
21	22	23	24	25	26	27
地藏王菩薩日		大日如來日		蓮師日		
28	29	30				
		釋迦牟尼佛日				

5.01

噶瑪巴的悲願

2010 年，大悲心故，乘願再來九百年

過去的 900 年來，如同黑暗中的明燈、夜空中的皓月，
噶瑪巴一再不斷轉世，從不厭倦氣餒地令弟子成熟解脱。
尤其，噶瑪巴所創的著名認證轉世制度，
成了西藏所有教派繁榮昌盛不可或缺的一部分；
而且，這個制度勾勒出一種崇高的方式，
讓偉大的聖者菩薩們不捨棄有情眾生，
刻意地再度轉世回到這個世間。

5.02

圓滿的布施

2009 年，第三期華人宗門實修

修行就在你的工作裡，就看你用不用。當你設計或販賣一樣東西時，
可以帶著「布施之心」，讓它的品質更好一點。
布施，不一定要真的給一樣東西。帶著善意努力工作，
本身就是對社會的布施，這是真正的菩薩行，真正的布施。
就像佛陀圓滿了布施波羅蜜，但世間還有那麼多貧困的人，
他到底給了什麼？佛陀給了他的未來，
他的證悟是未來眾生無盡的資糧。

有空修行還不夠

2014 年，《知一全解》大灌頂

我們現在已經得到暇滿人身寶時，就不應隨便浪費，
應該用於有意義之事，也就是去修持而得到究竟成果。
所謂「暇滿」、「得到閒暇」，就是有空閒修持佛法，
遠離八種無法修持情況：例如投生於地獄、餓鬼、畜生、
瘖啞之人、長壽天、野蠻人或佛未出世、具備邪見等無暇修持佛法之情況。
見在我們雖遠離八無暇，若浪費時間於芝麻瑣事上，又跟「無暇」是一樣的。
因此「有暇」並不足夠，要當懂得利用時間，把握每一個當下，
盡力去修持佛法，才是最重要的。

無常這麼看

2007 年，第 25 屆噶舉大祈願法會

我們每個人心中都有一扇窗子。
由這扇窗子，我們每人看到的、感覺到的都不一樣。
但是，最重要的是要看到現象的無常，時時觀修無常。
看到苦的事，要升起慈悲。
看到外界各種境相時，要懂得如何取捨、分別。

5.05
星期＿＿

修行的習慣
2008 年，宗門實修：《噶舉祖師教言》開示

修行，它是一種習慣，也就是你慢慢、
慢慢不斷地去練習跟習慣的一個過程。
它並不是一種，好像我馬上修，我就馬上得到一種什麼證悟。

5.06
星期＿＿

睜著眼睛皈依
2009 年，三戒律課程

皈依需要我們的睜眼明察，需要我們看清現實，
並在環顧四周時，能直接看到他人的苦與樂。
需要睜開我們的肉眼與慧眼，清晰地去看到痛苦是如何產生的。
有了信心，自信和睜大的雙眼，當看到痛苦而發願採取行動改善情況
時，我們方能全心地皈依。
如果我們只是閉著眼睛、重複念誦著制式的皈依文。
那麼，不過是從一個無明走向另一個無明，
從一處黑暗走向另一處黑暗罷了。

偉大的立足點

2014 年，開示：快樂的藝術

相信過去世存在的人，能夠覺知到在無窮的過去世中，
我們所造下和揹負的惡業比須彌山還巨大。
但是，我們不應該因為這樣的覺知而氣餒，
反而應該讓它激勵我們，並且善用自身過失的每個清新經驗，
讓它成為幫助我們爬得更高的踏板。偉人之所以偉大，
是因為他們克服了自己的嚴重問題和重大過失。
如果偉人一出生就沒有任何的問題和過失的話，
那麼他們也就沒有任何值得讓人驚奇的地方了。

天天救命的人

2005 年，宗門實修：四共加行

救命恩人的恩德很大，但父母的恩德是更大的。
為什麼這麼説呢？
因為如果父母在我們誕生到能獨立自處之前的任何一天，
把我們丟下不管的話，我們就會沒命的。
所以父母之恩是非常大的，他們不僅照顧我們一天而已，
他們月月、年年的陪伴、照顧我們，
所以説父母對我們有千百次救命的恩德。

5.09
星期___

放眾生在手心
2010 年，秋季課程圓滿日開示：與世界同悲喜

無論我們是喜、是悲、是樂、是苦，都要一直將眾生放在心上。
這樣，我們就可以慢慢地、一步一步地，朝著證悟的目標前進，
直至真正達到佛陀完全「遍知」的能力。
當我們達到這個目標後，並不是工作就此結束，
而是真正的利眾事業才正要開始。

5.10
星期___

大乘行者的期許
2014 年，《解脫莊嚴論》：破除「尼眾使佛教短少五百年」之論

諸佛菩薩承擔重責大任，不僅是自己的解脫，
還要利益一切眾生脫離苦海，這是一種很大的承擔力。
我們平常理所當然的認為自己就是大乘行者，但真確觀察時，
我們是否具備這樣大的承擔之力？我覺得可能並沒有。
所以我們時刻要觀察自己的心，看看承擔力有多少？
這是很重要的，只是自認為是大乘行者，
而沒有去觀察的話，是不行的。

把煩惱當風景

2014 年，大手印面對煩惱的方法

面對煩惱的方法，是直觀煩惱的本質，
而不是追隨煩惱，這就好比是在前往目的地的旅途中，
我們會注意但不會去追逐沿路的風光。
面對各種情緒煩惱，我們必須握有主控權，把它們當成旅途的風景。
我們只需要看著煩惱的本質，煩惱就會失去對我們的影響力。

正確的取捨

2014 年，歐洲弘法行：大手印禪修

「戒律」的目的，就是在告訴我們如何「正確取捨」，
在戒律方面盡力去遵守、如法地去「發心」和行持「行為」。
扼要來說，「戒學」就是「正確取捨」。

5.13
星期____

藥師佛的療效

2015 年，造訪噶舉法林寺

我們生病的根本原因，
是生生世世伴隨我們的根深蒂固的心理習氣。
這些比精神疾病更深層的心的印記，無法以傳統的藥物來醫治，
但卻是我們更粗重的生理疾病產生的原因。
藥師佛修法的精髓在於根治我們這些心的印記，
以及它們所產生的煩惱；而藥師佛修法的要訣，
在於為我們指出這些習氣，使得我們能夠將之根除。

5.14
星期____

找出你毛病的好人

2014 年，春季課程

「最殊勝的善知識，是挑戰自己弱點。」
所謂的「弱點」就是指自己的不足、過失。
最好的善知識，能夠挑戰和指出自己的弱點，
這樣才對修持有幫助。

講經說法的重要

2014 年，噶瑪岡倉各寺院出版部執事首次會議

大成就者身、語、意的三種事業當中，語的事業最為主要。
為什麼呢？因為佛法是透過語言而保存，
而後世弟子也是透過語言才有機會接觸佛法。
倘若一位大成就者兼學者出現世間，在他住世時沒有著作，
也不講經說法，那麼不出幾個世代，
他便會像是從來沒有在地球上出現過一樣。
再者，如果沒有保存過去及現在偉大上師的論著和開示的話，
我們同樣也會失去一個鉅寶藏。

忍辱的重點

2004 年，《修心七要》開示

如果有人對我們說各種的惡語，甚至打我們，讓我們生起煩惱心，
尤其是讓我們生起瞋心、生氣的時候。
他就是幫助我們修持忍辱的對象。
所謂的忍辱即是我們更要對這個對象生起利他而不是敵對的心。
這不是說，如果有人要殺、要打我們的時候，任他為所欲為，
不加任何的阻止；相反地我們理當阻止他。
但是要向對方生起一念慈悲的心，要想到他將會領受自己惡業的果報。
我們應該用這樣的思維去阻止他作不善的行為，這即是忍辱。

5.17

星期＿＿

三種該分手的惡緣

2012 年，第 15 屆噶舉辯經大法會開示

我們在學習的時候最主要的違緣，就是：
一懶惰，二跟隨惡友，三傲慢。這三點一定要斷除。

5.18

星期＿＿

修行要達標

2014 年，第 16 屆噶舉冬季辯經大法會開示

修持若未獲得堅定見解時，就算修一百種法，
也不會有所成就，臨死時必然後悔，
想到即使今生花費心力去修持各法，
臨終時卻毫無成就，必然會追悔莫及。
因此不論修持何法，都要達到標準。

修行不搞暴力

2009 年，第三期華人宗門實修

不要用修行傷自己的心，修行要自然、平靜、習慣。
心不是犯人，不要用暴力解決！
修行，是慢慢熟練的過程，不要粗暴，
希望啪一下解決。

真正的自信

2015 年，紐約：皈依的意義

信心的基礎是對自己本身和自己行為的信心，
它是一種真正的自信心。
思維自身的功德能夠啟發我們，讓我們不會因遭遇困難而氣餒，
反而具有面對它的勇氣和毅力。

5.21

星期＿＿

人禍只因太在乎自己

2011 年，春季課程：自他關係與利他

經典說：「苦從私心起，佛從利他生。」一切痛苦的根本就是私心。
因此世界上國家與國家之間，不同的社會、種族、團體間的衝突紛爭，
都是因為只在乎自己，不顧別人而產生的。
世界上任何生命都和我們息息相關、環環相扣，
如果想要得到喜樂，就要珍視所有的生命和周遭的環境。
但是我們通常是不關心、不在乎，只有在碰到緊急狀況時才會覺醒。
因此，在談利他之前，先要認清自他關係的緊密性和重要性，
如此才可能進一步去利他。

5.22

星期＿＿

修持就是在充電

2011 年，《賢劫千佛灌頂》開示

座中修持，跟你在下座之後、日常生活是同等重要，
而且座中修持就像是充電一樣，不能一直用、用、用，
日常生活中一直用，不充電，這是不行的。
一個人有沒有修持，
不是在於能不能在佛堂座中微笑、歡喜、開心，
能在佛堂中自在的人不見得是個好的修行人。
好的修行人是指在跟家人或其他朋友的互動中，
就可以看出是不是一個好的修行人。

遲早的事，當下看

2014 年，第 18 屆噶舉冬季辯經大法會開示

不論今生成辦事業規模大小，
最終也會因為死亡無常到來半途而廢，雖然此刻我們仍存活，
但無法肯定下一秒還在否世間，
也不能確定年輕者必然可以躲過死亡。
不論任何人都在無常的定律之中，
因此應當下觀想無常，時刻練習死亡。

痛痛我執來

2004 年，《修心七要》開示

我們感到心裡的痛苦以及身體的痛苦，
還有別人對我們造作的傷害時的痛苦，
但是這些痛苦並不是他人所造作的，
「痛苦」的根源並不是來自他人，而是自己。
痛苦的根源是自己，這都是由「我執」產生的。

5.25
星期＿＿

處理煩惱 SOP
2015 年，南紐澤西：禪修指導

在面對任何煩惱的第一步，便是認出煩惱帶來的過患。
這不能夠以聽聞上師的開示，或閱讀佛法的相關教導來取代，
而是你自己必須以個人的、貼近的和經驗性的方式將它認出。
第二步是學習穩定自心。
我們可以利用慈悲等正面特質做為回應情境的工具，
而不是任由煩惱來主導我們的回應。
第三步是下決心不向煩惱屈服。
但這樣的決心或誓言我們可能會忘記，因此要定期提醒自己，
真的不許生氣，這很重要。
久而久之，絕不生氣的誓言便會愈來愈穩固。

5.26
星期＿＿

悲心的地基
2013 年，應上密院弟子之請開示悲心

在試著對某個對象生起悲心的關係中，我們是培養悲心的主體，
但是如果我們認為自己處於優勢，對方是某個處於困境的人，
那麼這便會產生一種距離感。
我們不應讓自己與悲心的對象之間有距離感，
而是要努力感覺自己是這個受苦者的一部分，
同樣感受到對方的經驗。
我們應該以這樣的方式，將悲心奠立在強烈的同體感上。

看來世，修當下

2008 年，宗門實修：《噶舉祖師教言》開示

現今一些修持法門會強調，佛法要在今生當中，
跟生活、跟你的此生結合在一起，這種說法當然是非常好的。
如果無法在生活中落實佛法的話，無法在今生實踐佛法的話，
的確是不可能成就些什麼，未來也不會得到＝什麼好的東西。
要注意的是，這裡說到「要在生活中落實佛法」，
但也不要太執著、太落入世間法當中了。
意思就是說，你可能變成是為了得到一些利益、變得更有名聲、
更多人供養、更多的名聞利養等而修持，或者你修持佛法的目的，
只是為了讓自己開心一點，為這樣世間法的目的而修持。那就不對了。

「法」要「熱騰騰」地修

2014 年，第 16 屆噶舉冬季辯經大法會

噶當派祖師說：「一切所聞之法，都應即刻去實踐」。
修法不應推到明天或後天，明日復明日的推拖，得不了任何成就。
因此，「法」應該「熱騰騰」地去修。

5.29
星期___

找對地方求清靜

《法王教你做菩薩》，第 50 頁

對於一位修持「止」的禪修行者而言，最重要的即是依止靜處。
但是，到底什麼是真正的靜處呢？許多人身處僻靜的地方，
但內心卻充滿著貪瞋煩惱；其實內心如此混亂，比外在的誘惑更危險。
因為外在的一切，要亂也只是亂在眼前，但是內在的混亂，卻是亂在心中。
無止盡的雜念紛飛，造成的痛苦更大。
再者，所有內外的混亂都是源自於內心。
所以，內在的平靜比外在的靜處更為重要。
因此，各位能夠依止靜處者，請盡力去依止。
若身體無法處在靜處，但是至少要在內心找到靜處。

5.30
星期___

知足練習曲

《慈悲》雜誌第 89 期

很多事情不能只是完全抱怨別人，有些東西是自己可以改變的。
因為每一個人的想法不同，事情會變得複雜。
比如說有時候自己的期望比較高，事情稍有不順就會抱怨的話，
何不讓你的期望低一點，做最渺小的那個，覺得這就足夠了。
能扮演一個小小的角色，這樣就足夠了。
大家試著練習，如何滿足，如何知足。我覺得這都是非常重要的。

自信增長的好處

2007 年，藥師佛灌頂

不論是在世間法或佛法，我們總是會遇到問題。
處理問題時，外在因緣條件固然要具足，但最重要的還是內在的因素。
我們必須要有信心和勇氣，一種有智慧、具有善巧方便的自信力。
有了自信力之後，我們就能面對世間的許多問題。
當然，生、老、病、死的問題是無法立即消除的。
我們的身體就是無常的，不離成、住、滅、空。但是，
隨著自信力的增長，我們面對這些問題的能力也會增長，
逐漸出離生、老、病、死的問題。

6

June

噶瑪巴之愛

✻

這是我人生中一個特殊的日子，
感謝給予生命的父母恩、給予成長助緣的眾生恩，
你們是我一生中成長重要的助緣。
在我的一生中，我會以自己努力的修持，來回報各位。

農曆六月

	1	2	3	4	5	6
7	8 六齋日	9	10	11	12	13
14 六齋日	15 六齋日	16	17	18	19	20
21	22	23 六齋日	24	25	26	27
28 六齋日	29 六齋日	30 六齋日				

藏曆六月【明淨月】

	1	2	3	4	5	6
	禪定勝王佛日			轉法輪節 （佛初轉法輪）		
7 第九世噶瑪巴 旺秋多傑誕辰	8 藥師佛日	9	10 蓮師誕辰紀念日 千劫佛日	11	12	13
14 第三世噶瑪巴 讓炯多傑圓寂	15 第十六世噶瑪 巴讓炯日佩多 傑誕辰 阿彌陀佛日	16	17	18 第五世噶瑪巴 德新謝巴誕辰 觀世音菩薩日	19	20
21 地藏王菩薩日	22	23 大日如來日	24	25 蓮師日	26	27
28	29	30 釋迦牟尼佛日				

6.01

慈愛與和平的展現

2006 年，第 24 屆噶舉祈願大法會籌備會議

以我的感覺而言，我自身並非一般普通人，
是一個慈愛與和平化為人身的展現，對於我本身盡力做到如法，
盡力做到善妙緣起的行為，若眾人也能同心協力的去完成的話，
便能使我過去未曾展現的力量展現出來，
肯定能對世界做出有利益的事，一般而言，我不喜歡説這樣的話，
但是今天，我這麼直接了當的説了，也請大家放在心上。

6.02

人生等高線

2014 年，第 16 屆噶舉冬季辯經大法會開示

臨終時出現諸般彌留景象，即使你高居國王寶座，
死亡來臨時也無計可施，僅能隨因果定義而流轉生死；
即使你是擁有千軍萬馬的將領，即使他們層層捍衛，
也無法阻止死亡的步步進逼。無論如何德高望重的善知識，
擁有萬千弟子，但死亡來臨時，也得與弟子分別；不論高低貧賤貴富，
在死亡前都一概平等。死亡無常如同朝露閃電，
死亡因緣無數，順緣卻是少之又少，
即使有遍滿三千大千世界的財物，當死亡來臨時，
也多財富也無法多買到一分鐘。

你修的是心

2009 年，宗門實修：《噶舉祖師教言》開示

要讓自己的心成為修行，自己的威德、功德，要展現給自己、
獻給自己、給自己看。修行不是次數，也就是說，要增益的，
是自己的心，而不是次數！修行不是外在的東西，修行就是：
讓自己的心成為慈悲心，讓自己的心成為那個修行！

自救是真皈依

2011 年，《賢劫千佛灌頂》開示

什麼是皈依？如果皈依只是口中念一念皈依文是沒有用的。
事實上是在於自己想不想得到救怙？如果內心不想被救怙，
再怎麼念也沒有用的；念得再多，也得不到救怙得不到皈依。
因此真正是在於自己，自己要不要得到救怙。
並不是等待誰能來救怙你，而是你自己能夠救怙你自己，
你現在就要開始修持佛法。

點起一盞燈

2009 年，第 26 屆噶舉大祈願法會

我們賴以生存的地球只有一個，
而發生在世界上任何一個角落的事情都會對其他部分造成影響。
這就好比是一個圓滾飽滿的足球，
任何地方漏出了空氣都會對整個足球有所影響。
認識到這一點，我們就會了解到，
世界上任何一個地方都是同等地重要。
無論你處在世界上那個黑暗的角落，
點起一盞燈就必定能驅散四週的黑暗。

迴向讓善根不消失

2014 年，會合行者信者施者，圓滿一切法

我們所積聚的任何福德，若生起傲慢心的話，善果都會被摧毀的，
或者説生起很強烈的煩惱，譬如瞋心，也會摧毀我們的善根。
煩惱會讓善業福德歸零。為了讓我們的善不浪費，
我們應該將這些善根作迴向，也就是迴向菩提，
也就是迴向成就佛果，這是最殊勝的迴向。
如果能迴向菩提，換句話説，迴向給成就圓滿的佛果的話，
這樣的善根是不會消逝的。

佛行事業不斷線

2006，開示大手印與上師相應之修持要點

對一個修行者來說，我們要有一個清楚的認知，
也就是無論上師的出生也好、住世也好，或者他的圓寂也好，
這一切都是上師佛行事業的一種展現，並不是說上師出生、誕生了，
這個事業就展現了，而上師圓寂之後這個事業就沒有了。
不是這樣的，而是任何時候都是上師事業的一種展現。

其實你可以放下敵意

2010 年，秋季課程開示：觀看自心的鏡子

我們通常沒有察覺到，視他人為敵人的認知，
其實是來自於我們自身的敵意，
以及我們心甘情願為一些小事而滋長怨恨。
那些傷害我們的事件所持續的時間，比起我們為之惱怒的時間，
往往短暫許多；但是當我們選擇繼續受過去的傷害所纏繞時，
我們便是自願地將如父母般慈愛的眾生變成是自己的敵人。
相反地，我們可以像是一個修行人般地下定決心，
以一種甚至是更大的悲心去回應他人對我們的傷害。

6.09
星期＿＿

菩薩不猶豫
1998 年，首次佛學開示：皈依與發心

「我一定要為他們解除一切痛苦，縱使必須自己一個人獨行，
我也毫不猶豫！」當我們的心中生起這種願望和勇氣時，
就是我們成為菩薩的開始。
培養慈悲和勇氣是成為一位菩薩的準備和訓練。

6.10
星期＿＿

我們原來那麼近
2014 年，歐洲弘法行：愛與慈悲對全球化的影響

現在大家的關係越來越緊密，我是他的一部分，
他也是我的一部分，我們的距離不再遙遠，
大家的苦樂相互交融著，他人的苦樂，無論直接或間接，
最終都會成為自己的苦樂，而我們的苦樂，
最終也一定會影響到他人。

禪‧做自己

2011 年，杭特學院演講：悲心與心的真正本質

我們每個人的生活都很繁忙，有許多的事情要做，
因此，我們必須分配時間去做不同的事情、去扮演各種的角色。
例如給自己時間去扮演醫生的角色，給自己時間去幫助他人等等。
但是，我們經常忘了給自己時間去做自己，而這即是禪修。
禪修，就僅是給自己時間去「做自己」，除此之外，別無其他。
它沒有什麼特別的，就是允許自己放鬆，然後做本然的自己，
不去想過去已經發生的事情，也不去擔憂未來會發生的事情。
你所要做的，只是單純地放鬆，然後安住於自身的本然狀態。
讓自己有這樣的一個機會。

比能力更重要的

2007 年，第 25 屆噶舉祈願大法會籌備會議

很多人會說自己能力不足，知識不夠。
知識、能力，從某方面來說，這好像很重要。
以知識而言，我們看過去歷史上許多成功的人，
他們既不具備高學歷，也沒有豐富的知識；
具備的是一種勇氣、一種毅力，一種能夠做到、敢做敢當的心，
因此能達到與別人不同的成就和果位。
從能力來講，能力的產生確是依靠經驗的累積。
然而我認為一念熱忱與善心是比能力更重要的。
我們不會看到具有熱忱心而有辦不到的事，達不到成果的情況。

6.13

星期＿＿

小心修成大壞蛋
《跟著走就成佛》，第 228 頁

心外求法是什麼也修不成的，只會造成更大的分別心；
例如貪執自己的上師、自己的傳承，把這當成了所應修，
然後將他人的上師或傳承當成所應斷而排斥，這可是極大的錯誤。
如果不在心上修，而總是如此向外的分別，這可是很危險的，
有可能修成一個大壞蛋呢！因此，大家一定要謹慎。

6.14

星期＿＿

討厭對境不合用
2014 年，開示：快樂的藝術

對於惡劣的人或傷害我們的人，我們應該要改變自己慣有的反應。
通常我們會討厭這樣的人，覺得他們受到任何的痛苦都是應該的。
我們必須將這種態度取代為一種覺知，
認識到這個人應該是我們修持的對境。

解脫不是到哪裡去

2001 年，解脫功德之本具

一般人認為，所謂的解脫，是有一個地方、去處、目的地可以前往，
其實佛法中的解脫並非指在外境有他處可去，而是在心中成就。
因此，解脫就存在於人們自心中。
只是因為各種過患、二障習氣的覆蓋，使得解脫無法現前，
若將垢障都淨除了，自然就能生起解脫的功德而得自性解脫。
因此我們也可以說，離垢的自性即是解脫。

智慧過濾器

2015 年，第二屆讖摩比丘尼辯經法會

「心」和「煩惱心」，就像水和雜質，心如水，煩惱如雜質。
若能善加過濾，就能得到清淨之水。有智慧的大師、知道取捨者，
知道透過方法止息、沉澱這些雜質煩惱，進而證得清淨之水，
也就是遍知佛的果位。
愚痴凡夫不知道如何區分「心」和「煩惱」，會認為：
「我就是這樣一個充滿煩惱的人」。
其實這兩者從本質上就不同，應當將自心和煩惱分開，
我們正是因為愚痴而無法區分，感受到痛苦和困難。

6.17

星期＿＿

體驗現成的佛法

2009 年，第三期華人宗門實修

直接去觀修生活裡、人世間熱呼呼、香噴噴、活生生的佛法，
而不只是去修持那些乾乾的文字。
所謂佛法，不只聽到，還要看到，要有直接體驗，
就像釋迦牟尼佛成道前，
出王城四門看到的生老病死苦和修行寂靜之樂，
那就是悉達多王子直接體驗到的「法」，
那種對生命本質的直接體驗，對修行歷程是相當重要的。

6.18

星期＿＿

逆境中的真實

2012 年，〈金剛總持簡短祈請文〉開示

有了渴求法教的心，自然會從心中、語言、行為上，
體現各種恭敬的行為，甚至到了「你的心中只有上師，
遇到任何事情境界，知道都是上師加持」，這就是一種真正的虔誠心。
有句話說：其實一個人在順境當中，無法生起真正的渴求和恭敬；
而是在逆境當中，遇到一些挫折，才會了知這一點。

法王生日

2003 年，法王噶瑪巴 18 歲生日慶典

一般來說，輪迴這生、老、病、死的循環，是痛苦的因，必須捨棄，
所以生日並沒有什麼值得慶祝或榮耀的。
不過，如果一個人在此世界出生，能有益於眾生和弘揚佛法，
則對此種誕生我們不應該輕視，而應給予讚嘆和榮耀。
因為業力，我誕生在此世界，如果我的出生能對眾生有任何利益，
特別是為了弘揚佛法而盡力，則我的出生才值得，
你們來為我慶生才合理。
我以堅定的決心和勇氣肩負起弘揚佛法的責任，
並盡我的能力利益一切眾生。
懇請大家為圓滿我的心願而祈請。

修行的腳力

2012 年，〈金剛總持簡短祈請文〉開示

〈金剛總持祈請文〉中說：「離欲即是修行足」，也是很好的比喻，
修行足要走在成佛道路上，這是一條長遠道路，
需要強壯、健康的雙腿，才能夠走長遠的路，
所以我們也需要強壯的腿，就是一種真實的離欲、
一種真實的出離心，唯有以真實的出離心當一開始的初發心，
才能夠讓你能夠長遠、穩固的走在修持道路上。
這裡比喻「離欲、厭離」就像是修行的雙腳一般。

6.21

星期＿＿

修行趁現在

2014 年，第 16 屆噶舉冬季辯經大法會開示

《寶鬘論》中提及，死亡因緣很多、生存因緣很少，若兩者比較，
生存之因更是少之又少，有時生存之因緣，
最終也會成為死亡之因緣。
思維這一切無常後，要立即去修法，
因為臨終之時，只有修法能利益我們。
其他任何事情都毫無助益。

6.22

星期＿＿

比煩惱更好的東西

2015 年，紐約：修持不動佛的三個理由

最大的關鍵在於我們必須要放下自己的煩惱，
我們要對煩惱說：「沒有你，我也能活。」「我有的比你更好。」
唯一能夠讓我們有勇氣這麼說的，
便是我們真的在自心中發現更好的東西，例如菩提心和慈悲。
我們需要在自己的心中，找到比煩惱更能有效處理問題的資源。
沒有認出這些資源的話，我們是不敢捨棄煩惱的，
因為它看似是我們在困境中最好的援助。

別「禪」繞覺受

《法王教你做菩薩》，第 103 頁

禪修時的確會有很多覺受，好的覺受、善的覺受等等，
但是我們必須瞭解到，這些覺受並不重要，
重要的是禪修的力量如何能對治我們的煩惱；
有多少障礙煩惱因禪修而得以降伏、淨除？
這才是禪修功夫的真考驗，而不是舒服或特殊覺受的體驗。
事實上，貪執於這些覺受，是會產生問題的。

為心靈充電

2014 年，接見非政府組織的女性賦權代表

當別人向我們傾訴問題時，我們發現自己沒有能力幫助他們，
這就好像感覺自己的電池快沒電了。在這種情況下，
重點是要依靠我們自身內在的能力。我們必須強化我們的自心。
首先，我們要增強並防護我們的希望、我們的勇氣、
我們的慈悲和我們的喜樂。這樣，我們才可以將它貢獻給他人。
我們給予自己的這種心的力量，在我們為他人謀取福祉時，
會是我們依靠的資源。

6.25

星期___

絕對不拆夥的伴侶

2008 年，宗門實修：《噶舉祖師教言》開示

死亡的時候，身心會分離，你會跟所有珍愛的財物、家庭、
親人分離，唯一不會跟你分開的是什麼呢？是你的善心。
你跟你清涼的、光明的這一念心，永遠不會分離。
當你在逆緣造成的沮喪中，修行的方法就是：
你要恢復到心的光明，就像是讓心回到溫暖、清涼、光明的家。

6.26

星期___

生日開示

2010 年，與台灣台南法會現場連線開示

這是我人生中一個特殊的日子，我感謝給予我生命的父母之恩、
給予我成長助緣的眾生之恩，你們是我一生中成長重要的助緣。
透過這個機會，我憶念各位的恩德；同時，為了不忘各位的恩德，
在我長久的一生中，我會以自己努力的修持，來回報各位。

別隨煩惱起舞

2014 年，魯特學院開示大手印面對煩惱的方法

煩惱是自找的，而不是外在的現實，
我們愈是對煩惱起回應，煩惱的力量就愈大。
所以說，我們受到煩惱的折磨，都是自己造成的，
而不是煩惱本身的加害。

敬重功德，排除過失

2012 年，第八世噶瑪巴米覺多傑教言：《無死甘露妙樹》開示

對一個具器的弟子而言，依止上師的方式是：
將上師的過失劃掉，但憑上師的功德面而去依止他。
這才是依止的方式。因此，去吸取他們的功德，
不被他們的過失所薰染，這樣才是真正的依止方式。推而廣之，
我們將普天下一切眾生的過失排除掉，而去敬重他們的功德，
這才是真實的依止，才是真實的慈悲心。

6.29
星期＿＿

永續的迴向
《我願無盡》，第 108 頁

當你的發心，是想要出離惡道、解脫痛苦和煩惱，
完全迴向給人天或者究竟成佛果位的時候，那麼，
今生的各種喜樂，就會自然圓滿得到，
同樣來世的喜樂，也會自然產生。
這樣的發心，也能幫助保護我們未成佛前，
自己所累積的善根不會消失浪費，而且還能使善業不斷增長。

6.30
星期＿＿

隨時不放逸
2006 年，第 24 屆噶舉祈願大法會

要小心、不放逸是很重要的，
這也是佛陀的教誡，在任何時候都要不放逸，
隨時要具備正念覺性這是很重要的。

▶法王噶瑪巴在聖地菩提迦耶修持金剛舞，具信弟子相信，有緣得見都能種下解脫種子。

7

July

緣起之愛

❋

月亮是愛的守護者；
月亮代表著愛所具有的持久特質，以及那份人與人之間慈悲喜捨的緣份。

農曆七月

1	2	3	4	5	6
7	8 六齋日	9	10	11	12	13 大勢至菩薩 聖誕
14 六齋日	15 中元節 六齋日	16	17	18	19	20
21	22	23 六齋日	24	25	26	27
28 六齋日	29 六齋日	30 六齋日				

藏曆七月【具醉月】

1 禪定勝王佛日	2	3	4	5	6
7 第九世噶瑪巴 旺秋多傑誕辰	8 藥師佛日	9	10 千劫佛日	11	12	13
14	15 阿彌陀佛日	16 第四世噶瑪巴 若佩多傑圓寂	17	18 觀世音菩薩日	19	20
21 地藏王菩薩日	22	23 大日如來日	24	25 密勒日巴尊者誕辰 蓮師日	26	27
28	29	30 釋迦牟尼佛日				

7.01

星期＿＿＿

月輪之愛的祈願

2011 年，杭特學院演講：悲心與心的真正本質

我常自忖月亮是愛的守護者；月亮代表著愛所具有的持久特質，
以及那份人與人之間慈悲喜捨的緣份。因此，
即使我們的身體無法相聚在一起，但在抬頭看到天空中的月亮時，
無論我們是否共處一地，無論我們多久沒有見面，
透過月亮的這個媒介，我們還是能夠感覺到他人對自己的愛，
以及彼此之間的愛。
這些都是我們在做慈悲喜捨的修持時所發的祈願。
我覺得，如果我們能夠帶著一個完全清淨的動機來發願，
我們的祈願就不再是一種符號性的象徵，而是能真正地獲得實現。

7.02

星期＿＿＿

唯一的擁有

2014 年，《解脫莊嚴寶論》開示

過去已逝不可追。流經的每一瞬間即成過去。
我們不知道未來會發生什麼，所以，我們唯一擁有的便是當下。
這樣地思維無常，確實有助於我們轉心向法。

改造自心要主動

2012 年，第八世噶瑪巴米覺多傑教言：《無死甘露妙樹》開示

佛法都是為了調伏自己的心，是為了對治煩惱，如此才稱得上是佛法。
而這些對治法，一定要自己主動去修持，去改造自心，
佛法本身是不會自動地讓你斷除痛苦、斷除惡念的。

面對它，消去它

2012 年，〈金剛總持祈請文〉開示

皈依不是要討好誰、討好佛菩薩，
而是去面對你自己生命中所有痛苦、問題，
知道透過佛法可以消除它，可以得到利益。
皈依後的面對問題、實踐佛法，
去實修佛法，這是很重要的。

7.05

星期＿＿＿

懺悔的交互作用

《崇高之心》，第 82 頁

我相信養成懺悔和原諒自己，是訓練自己原諒他人的一種方法。
他人犯下的錯誤中，有些可能已經傷害了你。
你希望他們能夠停止傷害你的行為。
在某種程度上，你的原諒可以幫助他們把那些行為模式也拋在腦後，
繼續前進，成為一個全新的人，
就像你自己的懺悔在你身上產生的作用一樣。

7.06

星期＿＿＿

這樣上師才歡喜

2012 年，第八世噶瑪巴米覺多傑教言：《無死甘露妙樹》開示

對於一位具德的上師來說，只有弟子在修法時，
上師才會歡喜，這也是上師最歡喜之事。
具德上師一生的願望，即是弟子好好的修法，
最終獲得解脫和成就佛果，這才是上師真正的心意。
身為弟子，若能值遇具德的上師，為了圓滿上師的心意，
令上師歡喜，不令上師傷心，所以要好好去修持佛法。

發願後要展開行動

2010 年，秋季課程：以智度眾

我們應當警惕自己，善用智慧來輔佐我們的慈悲心。
即使我們有利益眾生的心願，
但若沒有完全了解實際的情況及眾生個別之所需，
我們將無法真正做到所謂的「利益到眾生」。
也就是說，只知道發願還不夠，
必須真正地開展我們「究竟利益眾生」的能力。

菩提心的珍寶

2010 年，喜瑪拉雅課程：《菩提道燈論》開示

我們對正在受苦難的眾生，沒有衣食、
也沒有依怙主的眾生，我們要生起慈悲心；
但是對心性頑強、造作大惡業的愚癡眾生，
他們因為無明而身不由己造作惡業，未來會領受大苦果，
我們更要特別對他們生起慈悲心。他們是我們菩提心的珍寶，
我們要特別對他們生起慈悲心，特別關愛他們。

7.09

星期＿

我們都是地球的手足

2012 年，第八世噶瑪巴米覺多傑教言：《無死甘露妙樹》開示

我們住在同一個地球上，也是組成這個世界的一部分，
好比說人的身體，不論手或腳，都是身體的一部分，
如果手或腳被砍了，我們都同樣會產生痛苦。
因此，在這個地球上，我們不應去區分自他，
因為在真實的本性中，並無此一分別。

7.10

星期＿

注意呼吸，培養覺知

2013 年，為蘇格蘭大學生開示煩惱的對治

從一瞬間到下個瞬間，保持內觀的覺知與警醒，這非常重要。
舉個如何培養覺知的例子：我們都有呼吸，呼吸很稀鬆平常，
每個人都會。但是我們不太在意自己持續呼吸的這個事實，
甚至沒注意到自己在呼吸。但是只要放輕鬆，
注意自己呼吸的自然流動，這就能夠幫助我們培養更好的覺知。
如果能夠認出到自己的呼吸，並且用它來培養覺知力的話，
我們就會發現，生命要素之一的呼吸有多麼地重要。
事實上，沒有呼吸，我們將無以為繼。

要實現生命的意義

2007 年，帝洛普安尼寺活動

在如此短暫無常的生命中，要如何實現生命的意義？
如能將自己的一切，包含生命與智慧，
貢獻給社會，那麼生命的意義也就達成了。
而如能將自己的所擁有的智慧的力量貢獻給社會，
幫助解決社會上的問題，貢獻給世界，幫助守護、愛護世界。
這樣的智慧貢獻其影響力則是無量的、廣大的。

聽了大圓滿不等於大圓滿

2011 年，杭特學院演講：悲心與心的真正本質

從「聞」、「思」的觀點，研讀如空性等不同的哲學論述是件好事。
但是也要明白這是做學問，將哲理視為是哲理。
我們可以去研究空性的見地，但若我們的經驗尚未到達那個程度，
也要有自知之明。若是沒有這種辨識的能力的話，就有墮入傲慢的風險。
例如有些人聽聞了些大圓滿的法教後，雖然修行經驗尚未達到那個程度，
卻自以為是個大圓滿的人了，一個完美無缺的人，
連説話的語調、身體的架勢都很不一樣。
事實上，若是在修行的經驗還跟不上那個程度，但又自以為是的話，
這真是一件很危險的事，因為就會陷在迷惑的傲慢當中而不自知。

7.13
星期＿＿

請別再這麼做！

2006 年，開示：貪圖利養之過患

以佛法的角度來看的話，欺騙上師、父母及以施主，這種人是最可怕，
也是最惡劣的，除此之外再也沒有比這更下劣的了。
無論世出世間，自己要不要變成最惡劣的人，
是自己能夠分別取捨的。在這兒，我合掌向各位請求，
不是外相上的合掌，是心裡的合掌，希望大家最好不要做這種事！

7.14
星期＿＿

找錯對象算錯帳

2014 年，開示：快樂的藝術

當你對一個人起瞋心時，有個比喻可以更容易化解瞋意。
譬如有人拿著棍子敲了我的頭，這時，我該對人生氣，
還是對棍子生氣呢？應該是對人。但打我、讓我疼痛的是棍子，
為什麼我們不會對它發火呢？
因為我們知道棍子是無心的，是被人控制左右的，
罪魁禍首是人而不是棍子，因此我們不會對棍子生氣。
如果真的找棍子算帳，可能還會被別人認為「這人好像瘋了」。
棍子沒有傷害我的意圖，純粹是被控制。
傷害我們的人，我們也不應心生瞋恨，因為他同樣受煩惱控制，
和棍子的處境相同，不由自主的被各種負面情緒掌控，是情有可原的。

樣樣法門通淨土

2012 年，第 29 屆噶舉大祈願法會

其實佛法從勝義諦、究竟上來講，所有法門都可以幫你投生淨土，
重點只是在於你想不想投生，你心的方向在哪裡？
不然有些人會有妄念分別：會覺得這才是淨土宗的法，
那個不是淨土宗的法；這個才會幫助你投生淨土，
那個不行──這樣的分別是不正確的，
任何法都能幫助你投生淨土，如果你心態正確的話。

佛行事業不是世間企業

2012 年，第八世噶瑪巴米覺多傑教言：《無死甘露妙樹》開示

有人說，要想好好的修法，
就必須要有世間的福報和能力，否則你只能依靠奉承別人，
看別人的臉色行事，而一旦自己有了世間能力，
除了自己可以修法，也可以扶持他人修法。
但事實上，當你有了世間的福報和能力，
此時你不可能會進入佛門，你很難再抽出時間去修持佛法，
所謂佛行事業，不能以世間的福報大小來衡量。

7.17
星期＿＿

大小乘標籤要貼對地方

2014 年，開示：快樂的藝術

所謂的「大乘」或「小乘」，並不能要我們去說「這法本是大乘修法、
那法本是屬於小乘法門」，或指著某人說「他屬於大乘」，
指著另外一人說「他是小乘」等，去這樣向外去指、去判斷物和人，
而是應該把手指向內、指向自己的內心，
指向自己的發心和動機，去反觀內心是否屬於大乘。

7.18
星期＿＿

思維來世者

2015 年，第二屆識摩比丘尼辯經法會

往昔大善知識皆言，所謂「修持佛法者」的定義，
就是「思維來世者」，否則並不能被稱為「修法者」。
但對現今佛教徒而言，我們大多將時光蹉跎於今生事業之上，
而不去思維來世如何獲得解脫，可以說在現今，
真的很難找到如同往昔善知識所提之「修法者」。
所謂「真正修法者」，必須能從內心深處生起出離心，
並依靠佛陀教法，從而謹慎面對一切。

別拿煩惱當佛事

2009 年，第 26 屆噶舉大祈願法會

有些人不知道自己的煩惱，不懂得以佛法對治，
還說自己都是為佛法、為噶舉，但心所想和行為卻相反，
不知道煩惱的過患卻做佛事，是傷害佛法的；
做佛事卻混雜著貪瞋癡三毒，是傷害眾生的，倒不如不做。
還貪著此生，就不是一個佛法行者。

強大的虔敬法門

2012 年，〈金剛總持祈請文〉開示

虔敬心包括一種渴求，同時也帶著恭敬，
就好像你隨時對於上師的身口意功德，是如此想要得到、
是這麼的歡喜，當你知道有這樣功德你可以得到時，
這種歡喜就是一種恭敬、虔敬的感受，同時你也會盡力得到它。
這就是為什麼在一些法教中說，僅只是虔敬心這一法就已經足夠了，
你甚至不需要修持其他法門。你會時時想到上師的功德，
也會殷切地想得到，當一個人心中具備這樣的渴求和歡喜心，
自然而然你就會努力修持而得到這樣的功德，
所以說虔敬心的力量是非常大的。

7.21

星期＿＿

欲望就是牽絆

2012 年，〈金剛總持祈請文〉開示

我們每一個人都希望什麼呢？都要得到自由，不是嗎？
「離欲」的欲，在這裡比喻作一種牽絆，會捆縛住我們。
我們都想要自由，不自由就會痛苦，自由就會快樂。
這是每一個人都知道的。
但我們都太放不下了、太貪著今生的各種東西、物質了，
以至於完全被牽絆、限制，失去自由。
我們就好像是今生各種物質的僕人，
只能聽命行事，而沒有任何行動自由。

7.22

星期＿＿

一切為實修

2014 年，《大手印了義炬》開示

一切學習，都是為了實修，沒有一法不是實修，
如果有此理解的話，就算是做到正確的聽聞了。
如果能以聞思並進的方式而實修，
你在修持上，將會很有勇氣和自信。

禪出空間來

2015 年，威斯康辛開示：禪修的收獲取決於動機

禪修賦予我們一種空間感，
讓我們可以選擇是否要認同負面的情緒為自己的一部分。
我們可以將情緒置於自己的面前，
在自身和情緒之間保持一個距離感，
然後放鬆自心單純的看著情緒。

佛教的重點

2012 年，第 29 屆噶舉大祈願法會

無論密乘、或三乘，
重點就在於調伏三毒煩惱，都是三毒煩惱的對治法。
總體佛法重點都在於有沒有改變我們的心、
有沒有調伏煩惱、有沒有整治煩惱，
能用於對治煩惱就是在修行。

7.25

星期___

在助人中修行

2015 年，紐約：為求庇護者作皈依

花許多時間在正式的修持上，是否比幫助他人更為重要？
大家不妨自己評估，看看那方面比較缺乏，然後努力加強不足的地方。
但是我們不應該認為這兩者必定互相衝突。
以我自己為例，我沒有太多時間可以正式修法，而且又懶惰。
但是我確實在幫助別人，這並不是因為我發大願要這麼做，
而是因為被賦予噶瑪巴的名號而必須如此。
在積極幫助他人時，我心中會產生某種覺受，進而發現自己正在修持。
其實助人能夠改善我的心理狀態，帶給我經驗和覺證。所以，
當我們在積極助人時，要認出它就是一種修持，因為它能夠改善我們的心。
但要做到這點，助人時必須能夠不散亂的保持正念覺知。

7.26

星期___

無常讓你珍惜

2012 年，第 29 屆噶舉大祈願法會

無論說什麼法，最初說法者都應先觀修無常。
我們常說要修行，但很多人一聽到「觀死無常」，心裡就覺得不舒服。
其實「無常」不只是提醒我們「死亡迅速」，
而是提醒我們要珍惜生命，每一秒都要珍惜，
浪費一秒都是浪費生命。
「觀死無常」不只是幫我們憶念著、想著死亡而已，
而是正念的提醒我們，生命很重要、要珍惜人生，
而不就是一個概念的一生而已，而是每個當下。

到位的禪修

2008 年，宗門實修：《噶舉祖師教言》開示

所謂的「禪修」，是一種練習，讓我們的心得到一種自在和自主性；
透過禪修，我們以前那很剛硬、很頑強、硬梆梆的心，變柔軟了。
當它柔軟下來，就有了彈性，是很靈活的，哪裡都可以去了。
所以，當你的那一念心變得靈活而柔軟，這就是到位的禪修！

煩惱中的轉機

2008 年，宗門實修：《噶舉祖師教言》開示

平常我們的確也會說，煩惱是不好的、它是過患；
但當我們因為煩惱而造了業、犯了嚴重的錯，
才會有機會更清楚真正看見煩惱的本質與過患的一面。
然後，它就會成為修行道上的一個助緣、一種莊嚴跟一種功德。
所以當煩惱起時，我們要把握機會認知到煩惱，
而且向內觀看自己的心，這是很重要的！

7.29
星期＿＿

自救真言
2011 年，《賢劫千佛灌頂》開示

皈依者和救怙者，直接來講就是我們自己。皈依方法就是法寶。
如何修持圓滿皈依，就是修持三寶當中的法寶，
不然只是口中念皈依佛，這是沒有用的。
我們必須修持能幫助我們暫時和究竟出離的法寶，才是圓滿皈依，
得到圓滿救怙。真正皈依救怙的人，就是我們自己。
因此你要對自己說：拜託、拜託，救救自己、好好照顧自己！

7.30
星期＿＿

小善念，大殊勝
《我願無盡》，第 117 頁

比起佛陀大海般廣博的功德，一個凡夫眾生剎那生起的微小善念，
可能更為殊勝難得。
因此，我們真正應該讚歎的，是凡夫眾生的一點善良心念。
但是要自己馬上能夠做到也不容易，
我們很難一開始就對眾生如同對於佛菩薩一般的恭敬頂禮，
但是，透過普賢行次第的修學，就能逐步幫助我們鍛鍊自己的心。

發怒背後的不由自主

2011 年，杭特學院演講：悲心與心的真正本質

要更關心他人的福祉其實很簡單，一點都不困難，
只要能看到正在發怒的人的無力感，看到他其實是受其他力量左右。
若是這個人有自由的意志，是對自身有完全的控制能力下，
做出傷害我們的事情的話，我們或許可以責備他；
但是，事實上並非如此。
我們若能看透這點，便能夠對他人的福祉愈來愈關心。
因此，非常重要的是，應該要試著花大量的精力來這麼看事情，
來看待我們的人際關係，
同時非常重要的是，在這麼做的同時時也要懂得放鬆自己。
如果我們能夠放鬆下來，平靜地看到這個人行為背後的原因，
就能夠幫助我們轉化我們的反應。

8

清涼之愛

❋

菩提心，是一種勇氣和承擔，
它就像一種鎧甲，讓心靈勇士勇往直前。

（前頁圖說）法王噶瑪巴是當今世界最具影響力的藏傳佛法上師之一，每年的開示，影響了無數弟子的生命。
但其實年僅三十的法王，法座上也有不少輕鬆調皮的時候。

農曆八月

1	2	3	4	5	6
7	8 六齋日	9	10	11	12	13
14 六齋日	15 中秋節 六齋日	16	17	18	19	20
21	22	23 六齋日	24	25	26	27
28 六齋日	29 六齋日	30 六齋日				

藏曆八月【具賢月】

1 第五世噶瑪巴德 新謝巴圓寂 禪定勝王佛日	2	3	4	5	6
7	8 藥師佛日	9	10 第十五世噶瑪巴 卡恰多傑誕辰 千劫佛日	11	12	13
14	15 阿彌陀佛日	16	17	18 觀世音菩薩日	19	20
21 地藏王菩薩日	22	23 第八世噶瑪巴 米覺多傑圓寂 大日如來日	24	25 蓮師日	26	27
28	29	30 釋迦牟尼佛日				

8.01
星期＿＿

願你幸福快樂

2011 年，開示：古老的智慧，現代的世界

我覺得自己真的經歷了許多困境，
或許比其他祖古或轉世上師要多，但是把我現在擁有的機會，
視為是個能夠為許多人服務的正面而珍貴的機會。
藉由我現在的處境，有機會將愛、關懷傳達給許多眾生，幫助他們。
我把我的處境看作是一個機會，
讓我將他人的快樂和幸福視為是我的首要考慮重點。
以此方式，我能夠真正看重他人的快樂，
並關心其他人和眾生所經歷的痛苦。
未來，我希望能持續運用這個機會，發揮其最大的可能性來利益眾生。

8.02
星期＿＿

成大事的一堂課

2015 年，開示：無常

思維暇滿的人身難得，依著這樣的人身，我們可以做出一番大事，
成就一番大業。這麼思維時，會確信此生的確有重大的目標要達成。
但什麼時候要開始行動呢？我們會想：
應該可以過一會兒或幾天後再開始。
但如果要做的是一件重大的事情，拖延幾天的話，
可能就不確定是否真能成辦了。因為死亡無常，我們的身體無常，
它的組成元素分分秒秒都在生滅，我們的死期完全不確定。
因此，如果我們有重大的任務要達成，那麼現在就要開始行動，
當下就要進行，不容延宕，否則自己是否能夠完成任務，這就不確定了。

莫忘了生起懺悔心

2012 年，第八世噶瑪巴米覺多傑教言：《無死甘露妙樹》又稱《百段引導文》開示

有些人，在一天早上供茶給僧眾，他們就覺得非常的安心，
認為自己已經作了很大的善業了，但是他們生生世世都在造作惡業，
從來沒有為此生起悔心，但僅僅是一次供茶，
就自以為已經成辦了很殊勝的佛法，
卻從來不曾對自己所造的惡業生起短短一剎那的悔心。

治療輪迴的醫院

2014 年，『八十四大成就者』灌頂

如果是生了重病，我們就必須看專門的醫生，
找到一家最好的醫院，裡面有優秀的護士和所需的一切照料。
如果能夠做到這一切，我們治癒的機會會比較高。
輪迴的痛苦也像這樣。如果我們想要免於輪迴的痛苦，
我們就必須倚賴三寶的醫師，服用佛法的良藥。
因此，皈依的真正意義，便是服用佛法，進行修持。
我們做這樣的承諾，而且發誓要信守承諾。

8.05

星期＿＿＿

供養的目的
《我願無盡》，第 43 頁

供養的真正目的，是為了修持自心，
擴展自己分享的心，
讓自己有勇氣成為一切眾生的依靠跟守護者。

8.06

星期＿＿＿

結交能放心的善友
《跟著走就成佛》，第 99 頁

善知識就是善友，一個法上的朋友，總而言之，
就是朋友。所以，我們應該把僧寶視為自己的知己，
一個讓你放心，能夠推心置腹的好朋友。
如果一個人不能讓你放心，那麼他也很難成為你的善知識。
因此，在看一位上師是否具備德行之前，
我們其實應該要看看他是不是讓你放心，是不是能夠成為你的知己。

悲心與我們同在

2010 年，開示：如何開展悲心

悲心是我們每一個人與生俱有的本性。
就像是太陽受到烏雲的遮擋一般，我們的悲心也許暫時未能彰顯、
或完全地開展出來，但無論是任何暫時的障礙阻擋了它，
悲心仍然與我們同在、依舊是我們本性的一部分。
令我們的悲心無法開展的覆障，是可以完全被淨除的，
因為它與悲心不同，它並非是我們的本性的一部分。

心靈勇士的鎧甲

2010 年，喜瑪拉雅課程：《菩提道燈論》開示

菩提心，是一種勇氣和承擔，
它就像一種鎧甲，讓心靈勇士勇往直前。
看見輪迴眾生的苦，就會生起一種殷切的心，
急著想幫助眾生從火宅一樣的輪迴裡解脫出來。

8.09
星期＿＿

悲心聞思修
2015 年，哈佛開示：關懷地球的生命

我們必須體驗且認出，這個環境和居住其中的生靈之間的相互依存，
以及個人與所有其他眾生的相互依存。
我們吃的食物，穿的衣服，呼吸的空氣，
全都來自於其他眾生，我們無法獨立而存活。
我們愈是熱切地這麼去思維，便愈會感覺他人的苦樂和幸福，
確確實實是自己的一部分，而這有助於我們開始為他人承擔起責任。
但開始或著手承擔這樣的責任還不夠，
我們必須確實地在自己的身上，感覺到那種誠然勇敢的悲心。

8.10
星期＿＿

正念防護罩
2012 年，魯特學院的佛學問答

始終保持正念，無論我們手上正在做的是什麼事情，
都要如此地守護自心。
由於具有過去無數生不斷強化的惡習與煩惱，
我們必須戒慎警覺，以正念覺知來斷除我們的習氣。

猜疑總是會壞事

2006 年，第 24 屆噶舉祈願大法會

疑惑是要去消除而不是要留著的，
尤其是猜疑或是想要傷害別人的疑，想要污衊別人的疑。
這是不好的，也是沒有意義的，所以要小心。
如果總是猜疑周圍的人，總有一天你會成為一個孤寂的人，
周圍的人都會離你遠去，你也成就不了什麼大事。
無論是為教法、為大眾或為自己都不會成功的。
這種猜疑會讓別人不信任你，也讓別人生氣，更造成自己很多的痛苦。
人跟人之間本來就需要互相依靠，這是因果的道理，
不可能不依靠別人而活著，而依靠的方式也要透過關愛、
關懷的方式，如此大家都會生活在喜樂之中。

年輕人也要學

2006 年，第 24 屆噶舉祈願大法會

年青人雖有強烈的自由意識，但對於未來世代所處的環境，
年青人仍須負有責任，
而我們也必須學習由心上的寧靜來轉化外在的寧靜，
由內在的平和來創造外在的平和。

8.13
星期___

持戒福報自然來

2006 年，開示：持戒之利益

很多人認為持戒會讓人失去很多原有的幸福，事實並非如此。
如果好好持戒的話，不用隱蔽世間快樂也能直接趣入菩提道。
以我的經驗來講，保持清淨動機與加行，
以無錯誤與非造作的動機來守持戒律的話，
原有的幸福能夠持續受用，甚至能夠得到世間與出世間之圓滿幸福。
如同佛經裡面提到一般，「如法作時如雨降」，
如果以合法的方式守持清淨戒律的話，金錢、成就、
一切如下雨一般能夠自然得到。
因此，守持控制三門的戒律並不會使我們失去原有的幸福。

8.14
星期___

懷抱醫者心

2012 年，第八世噶瑪巴米覺多傑教言：《無死甘露妙樹》開示

對於被貪瞋癡嫉慢煩惱心所困之人、對煩惱熾盛的人，
我們並不需要對他們生起瞋恨心，
就像醫生面對精神病患不會生氣一樣。
他們的身體雖然沒有被疾病所困擾，
內心卻被貪瞋等五毒煩惱所折磨。
你也要把他們當成病人，自然不會對他們生起瞋恨心了。

善心來，煩惱去

2014 年，開示：快樂的藝術

有善業者因為心中有善業的力量，能在遇到情境時，
依靠心中善業的力量，去控制、去對治、去反抗外在之力，
但有些人心中不具備任何善業，遑論具備任何善業力量，
當無計可施時，只能依止煩惱。因為當他們思維空虛、
毫無想法時，只能任由煩惱惡業擺佈。
若心中有善業、有標準的菩提心、慈悲心的話，
就不會重視、或依循煩惱，因為你已經知道，你的內心中，
有比煩惱珍貴萬千倍的菩提心、有比煩惱更殊勝的善力。
因此你不會需要煩惱，可以大聲對煩惱説：「我不需要你！」

別讓心中毒

2005 年，四臂觀音灌頂

「心」如同電腦一般！
如果存取太多的雜七雜八或不好的檔案程式在電腦上時，
電腦亦會出現問題，如中毒等，
嚴重時有用的檔案資料亦可能受到損害。
相同地，心中如果有太多不好、不如法的念頭，而不清除的話，
亦會對個己心靈之成長有所妨礙及傷害。

8.17
星期＿＿

這就是修行

2009 年，開示：生活中的佛法

貪心重的人，經由不斷提醒自己改變，貪心漸漸變小，這就是修行；
瞋心重的人，經由不斷提醒自己改變，瞋心漸漸變小，這就是修行。
向內修持，轉變自心，才是佛法。
所以，工作、日常生活，都可以修行。

8.18
星期＿＿

自己要成佛

2014 年，第一屆讖摩比丘尼辯經法會

以我的人生經驗來講，信任和信心很重要。
無論做任何佛行事業，我們必須自己賦予它價值、
相信它，邁出第一步。
若老是等著別人給予評價才要去做的話，
那將非常困難。

佛法要修才是真

2012 年，〈金剛總持祈請文〉開示

佛法最重要觀念是：一定要實際修持佛陀所說的解脫法門，
就像一定要按時服藥，這是皈依最主要的目的和意義所在。
如果我們沒有這個觀念，僅是說皈依很好啦！
現在我是佛教徒啦！卻不實際修持佛法。
還不如別說自己是佛教徒。
如果不實修，只圖個虛名，反而造成更多問題，
別人反而會詆毀佛教。這樣不好。
希望大家皈依後要有正確觀念和態度，就是「佛法是要去實修的，
就像藥是要去吃的」，這樣才會對你有用。

讓心放鬆安住

《請練習，好嗎？》，第 7 頁

禪修的根本要點就是逐漸習慣自己的心，
你必須要學習如何讓心自然地安住在放鬆的覺知中。
如此，才能夠讓心的本質自己展露出來。

8.21

星期＿＿

一秒一人生

2014 年，歐洲弘法行：「四加行」開示

一個人可能只剩五分鐘的生命，
但若是懂得觀修「無常」，他就能好好把握這五分鐘，
他的人生就會一樣精采，一樣有意義。其實，每一秒鐘都是一次人生。
因此，一個人只要認真去活，那怕只是一秒鐘，
他的人生就是精采有意義的。

8.22

星期＿＿

只怕覺照遲

2009 年，《龍樹親友書》開示

如果你是一個有正念的人，你會觀察到：
原來煩惱的生起，是有次第的。我們所造的每一種惡業，
從一個念頭開始，到發展成整個行為，都是有步驟的。
對有覺性觀察自心的人來說，比較容易馬上認出：
喔，這是煩惱；然後你就有機會消除它。
如果能在第一時間注意到貪瞋的念頭生起，就有機會控制自己的心；
如果你沒有這種覺照力，念頭生起，你將馬上隨之起舞。

在生活中利他

2009 年，開示：生活中的佛法

一旦你有了清楚的目標之後，修持佛法並不困難；
否則學佛只是會讓你變得更忙、妄念更多，
只是多了一大堆見解、多認識了一大堆本尊……
那只是教條式的佛法，要在生活裡真正的利他，這才重要。

弟子的庸俗心

2014 年，歐洲弘法行：「四加行」開示

上師對於弟子的關愛，對於一個行者的生命而言，是非常重要的。
但是，有些弟子時常誤把上師的關愛當成世俗的關愛，
這時候就會生起「上師沒有關心我，只關心其他人，都不在乎我」、
「上師只對他說法，都不對我說法」等等的想法，當然，對於上師，
每個人多少都會有各自的看法，但是我們應正確的了解到，
在究竟上來說，上師的大悲、關愛，是超越世俗的。

8.25
星期＿＿

智慧就是要貢獻出來
2007 年，第 25 屆噶舉祈願大法會

有些時候，我們因為一些原因變得懈怠，不願意再承擔事情，
最主要是因為怕麻煩、怕困難、怕痛苦，
甚至一想到麻煩就不願意做了，就懈怠了。因為小事而耽誤大事，
這是一種很嚴重的懈怠。在這裡我希望各位能夠提昇、
發出一種熱忱和願心，能貢獻出自己的心，貢獻出自己的智慧。
將有限的身體切割遍滿大地，其利益也是有限的，
但是一個人的心與智慧，能夠利益眾生的力量則是無窮無盡的，
希望每一位都能夠貢獻出自己的智慧和心。

8.26
星期＿＿

當我們在一起
2014 年，第 18 屆噶舉冬季辯經大法會開示

當我們是為了不使佛教衰敗，而聽聞佛法時，
一定要有一種「我在做偉大事業」的心態，
以此動機來聽聞或講解，才不會讓言行誤入歧途。
不然大家聚在一起，就會如同世俗聚會一般，
幾天之內大家非常熱絡，嬉鬧一場後解散，再沒有任何意義了。
我們聚在一起的目的，是為了讓佛教不致衰敗，
藉此護持佛教，從而利益眾生，幫助他們脫離痛苦。

成為好人

2014 年，傳授密勒日巴傳的精髓

在實修道上求進步，瞭解自己是關鍵。自己是好人還是壞人？
我們可能不確定。不瞭解自己卻假裝瞭解自己，這是真正的難處。
我們或許認為自己是好人，但這可能不是事實。
外表上，我們可能像是一個在澆花的人，看似在做一件好事，
但實際上卻是將熱水澆灌在花上。對自己和他人來說，
像這樣的假好人，可能比某個我們知道的壞人或自身的缺失還危險。
因此，謹慎地檢驗自己非常重要。

護生不論大小

2009 年，《龍樹親友書》開示

生命不在體形大小，都是有生命的，都是有情眾生。
如果只是因為身上的一點點痛苦，就忍不住想加以殺害，
只要想想牠也是有情眾生，還做得下去嗎？
人類有智慧，應該可以找到避免殺它、也能不被咬的方法。
要知道大到像大象那麼大，小到像蚊子那麼小，都是一條命，
我們都不應加以殺害。

8.29
星期＿＿

反省不是自討苦吃
《法王教你做菩薩》，第 108 頁

所謂「細察己過失」，並不是要自討苦吃，或者看低自己，
絕望地認為自己一無是處，並不是如此。
它正確的意思就像是學習歌舞一樣，
一般會在四面都是鏡子的房間練習，甚至在別人的指正之前，
就已經知道自己做得如何。
因此重點在於，反省自己是要使自己進步。
如果不懂得反省改過，將會如同一個自負的舞者，
是無法感動他人的。

8.30
星期＿＿

灌頂是菩薩授權
2015 年，南紐澤西：傳授文殊灌頂

我們在得到任何一項灌頂後，必定會有某種需要遵守的誓約。
灌頂（藏文：Wang）的意思是授權，接受灌頂也就是獲得授權，
被准許做某件事情；而接受灌頂後，你就必須行持這樣的事情。
例如，你在辦公室被指派一項工作，意思是你被授權去做這個工作，
你有責任執行這項工作。就各位所得到的文殊菩薩灌頂而言，
你被給予文殊菩薩身、語、意的授權，
你被授權去培養開展這些功德，這就是你的工作。

不費力氣的快樂

2011 年，《修次中篇》開示

我們應當用智慧來分析導致真正的快樂的原因是什麼。
屆時將會發現，為了獲得真正自然、不費力氣的快樂，要內觀自心。
例如禪修時，我們之所以感到平靜，是因為回到了心中的家，
我們心是放鬆的，不憂慮過去與未來，
只專注在當下。
這種狀態不需要依賴外在的條件。

9

September

上師之愛

❀

上師對弟子的關愛，對行者的生命是非常重要的。
有些弟子卻時常誤把上師的關愛當成世俗的關愛，
生起「上師沒有關心我，只關心其他人」的心。
我們應正確的了解：上師的大悲、關愛，是超越世俗的。

農曆九月

	1	2	3	4	5	6
7	8 六齋日	9	10	11	12	13
14 六齋日	15 六齋日	16	17	18	19	20
21	22	23 六齋日	24	25	26	27
28 六齋日	29 六齋日	30 六齋日				

藏曆九月【遊戲月】

	1 禪定勝王佛日	2	3	4	5	6
7	8 藥師佛日	9	10 千劫佛日	11	12	13
14	15 阿彌陀佛日	16	17	18 觀世音菩薩日	19	20
21 地藏王菩薩日	22 佛陀天降日	23 大日如來日	24	25 蓮師日	26	27
28	29	30 釋迦牟尼佛日				

9.01

星期＿＿

悲心放大鏡

2014 年，《解脫莊嚴論》開示

太陽能給予我們光明和溫暖，有時我們要點火，會用放大鏡，
引進陽光，聚焦點火。光和熱來自太陽，放大鏡是助緣。
我覺得我只是一個放大鏡，而且是很普通、很差的放大鏡，
給大家一些光芒和溫暖，主要還是依靠上師們的大悲加持，
才產生這些力量。並不是說現今就由我一己之力，
而是未來也會出現噶瑪巴，不論噶瑪巴的轉世會住世多久，
但只要有噶瑪巴，他的大悲和大愛都不會間斷，
因為噶瑪巴給予的大悲之愛，是不分男女老少的，不分高低貴賤的。

9.02

星期＿＿

入味的無常觀

2015 年，開示：無常

我們每天都可以看到無常。從一方面來說，或許我們無須再講，
因為這是我們經常看到、聽到的內容。
但從另一方面來說，看到無常、聽到無常，不同於修持無常，
不同於將無常融入我們的生命當中。
只是看到、聽到還不夠，我們還要將它融入我們的生命中，
將無常的觀修帶入我們的生命，這很重要。

其實世間不可兼得

2012 年，第八世噶瑪巴米覺多傑教言：《無死甘露妙樹》開示

世間法與出世間法兩者不可能同時成辦，
有句話說「貪戀此生非行者」，
一個貪戀此生的人不可能成就出世間法，何以說呢？
往昔如理如法的一切大德們，
即使只有短短一剎那的時間也不去作世間瑣事。
現代只能稱為是佛法表相的時代，
因此不可能成辦非常圓滿的出世間法，
如果有人聲稱他世間法與出世間法都可以同時進行，
其實他們已經成為修持世間法的人了。

遠離「壞顧問」

2010 年，喜瑪拉雅課程：《菩提道燈論》開示

有時生活中會遇到碎嘴、閒話多、或者是私心特別重的人。
首先你不要成為他的樣子，但心裡不要放棄他，
心裡開放接受任何幫助他的機會，但不必和他特別親近。
皈依戒中說「自皈依法，不結交惡友」。
不結交會讓自己退轉的惡友，就是守護自己的修行。
不過，這不必太狹隘的解釋，像是不可和其他宗教的人結婚等。
其實真正要遠離的「惡友」不在外，而是心中藏了許多的「惡友」。
心裡也常有些矛盾、相反的對話，有一些懶散、甚至邪惡的聲音，
這就像心裡有一好、一壞的兩個顧問，老是爭論不休。
我們要遠離的，是心裡那個「壞顧問」。

9.05

星期＿＿

眾生是菩薩的源頭

《我願無盡》，第 115 頁

能夠做到恆順眾生的人，就是善人。
我們如何能夠做到呢？
方法就是要將一切眾生視為佛菩薩一般而恭敬。為什麼呢？
因為一切諸佛菩薩，都是因為眾生的恩德，才能成就果位，
因此可以說，眾生就是諸佛菩薩成就的根源。
所以，我們應該飲水思源，感念眾生的恩德。

9.06

星期＿＿

開心門，迎上師

2014 年，《解脫莊嚴論》開示

因為諸佛菩薩都在等待利益眾生，在等待著我們，
但我們現在最大的困難像是門關了，外面的人無法進來。
是我們自己將信仰的門關了，在外面的諸佛菩薩因此進不來，
若打開時，諸佛菩薩們會蜂擁而入的。
因此若是具備真正想要出離、解脫之心，一定會找到很好上師。

己立才能利人

2010 年，開示：如何開展悲心

由於我們目前猶身陷苦海，
是無法就這樣忽視自己的情況而完全地去照顧他人。
實際上，我們更應該培養對自己的關心與愛護，
並在這樣的基礎上來照顧自己。
我們必須自己有財力才能貢獻出去。
同樣地，如果我們希望帶給他人利益，
我們就有責任調伏自心以長養內在的財富，
如此也才能利益到他人。

菩薩一定具備的法

2012 年，第 29 屆噶舉大祈願法會

經典形容説，菩薩的法只有一個，
只要你具備這個法，就是菩薩法，不具備這個法，
就不是菩薩法，你具備這個法，就是掌握所有法──這個菩薩法，
就是菩提心，白話來説，就是無私、開闊的發心、發願。

9.09
星期＿＿

注意蝴蝶效應
2010 年，夏季課程：《勝道寶鬘集》釋論開示

每個人都有能力影響世界，不好的行為也會傷害這個世界——
這即是以人為本的因果業報的思維，
如同科學家提出的「蝴蝶效應」指出，
亞馬遜河流域的一隻蝴蝶拍拍翅膀，
都可能在遙遠的北美形成一個颶風。世界息息相關，
我們自身的一個行動，都會影響到家庭、社會，進而影響整個世界。
所以我們要珍惜人的價值，明瞭人的責任，這是非常重要的。

9.10
星期＿＿

煩惱來時該做的事
2012 年，〈金剛總持祈請文〉開示

任何煩惱生起時，你唯一要做的事情，就是守護心的本質，
不忘失念頭的本質——明覺，這樣就好，不需要多做分別。
守護心的本質，覺知而不忘失。

戒殺是最好的保健食品

2015 年，第二屆讖摩比丘尼辯經法會

現在很多人為了身體健康，而吃多種營養補給品等，
經典說，與其吃一大堆的營養品、藥品，
或接受很多長壽佛的灌頂，不如一天好好持守不殺生戒，
這樣身體會更健康，無病而且長壽。

愛的最高成就

2014 年，開示：快樂的藝術

當修行者繫於眾生的心念通過無數次依止修持，
最終達到很高成就時，就會格外關愛眾生，
如同珍惜自己一般去愛戴其他眾生，
這時就會覺得自己受苦也無妨，
自己的快樂幸福及一切都可以奉獻給眾生。

9.13
星期＿＿

隨喜讚歎他人

2012 年，第八世噶瑪巴米覺多傑教言：《無死甘露妙樹》開示

宗派和傳承間的紛爭，是所有一切爭鬥之中最重大的罪過。
如果你是一個佛教徒，那麼不論自己修持何法，
皆應懂得自己所修的法是非常殊勝的，
而且，還要對照自己所修的法，
同等地讚頌隨喜其他同樣殊勝的法門。
如果你因為修自己教派的法，總是想著要讓自己教派的佛法興盛，
卻去貶低其他教法，希望其他教法可以衰敗的話，
那麼你就有問題了。佛教內部的分別及爭執，
就會成為佛教最終滅亡的因素。

9.14
星期＿＿

害人之心先害己

《我願無盡》，第 65 頁

在我們還沒傷害別人之前，其實自己的一念瞋恨心已先傷害自己，
我們會睡不安穩、吃不下飯，所以說是先害了自己。
當我們傷害他人，就是透過身語作用，之所以能夠造成傷害，
主要也是因為先有心的思想，才會造作出身跟語的不善業。
因此，我們要儘量讓我們內在平靜，這是大家都應該注重的。

修行要養成習慣

2014 年，開示：快樂的藝術

我們是修行人，就要每天檢查自己的修行狀態，
看今天修持的狀態是好或壞，心中生的善業、惡念有多少等，
像這樣去謹慎面對、逐步去達成、慢慢去練習、改變，
慢慢就會養成習慣，之後就可以如履薄冰般的修持。

少了這味修不好

2006 年，第 24 屆噶舉祈願大法會

修行的時候，需有一種長遠心，不能只看眼前利益。
經典上說要三大阿僧祇劫積聚福德資糧，圓滿佛果要如此努力才行。
而從密乘下部密續來講，也需要花上六生或八生的時間來修持。
雖然密乘也說一生成佛，但要在一生中要圓滿全部的資糧，
這要具備無比的精進與修持，要不然在一生中圓成佛道是不可能的。
長遠心及大精進心對修行人很重要，若不具備的話，修持也不會好。
如果是出自於好奇心、新鮮感來學佛的話，學佛是不會長久延續。
重點是要有長遠心來修持，對世出世間法來講都是很重要的。
無論是僧眾也好或在家眾也好，請大家把此教言放在心上。

9.17
星期___

改變別人先改變自己

2009 年，開示：生活中的佛法

修行要先感動自己，如果能夠活生生感受到眾生的苦樂，
這樣你才會由衷想改變自己、調整自己的心，
這樣感動自己的緣才會俱足。一般比較自我的人常想：
我就是這樣啦，我有自由，也過得不錯，為什麼要改變自己？
「當你想著別人，就會想要改變自己」，
當你更在乎別人的苦樂，激勵自己改變的緣就具足了。

9.18
星期___

向不動佛看齊

2015 年，紐約：修持不動佛的三個理由

不動佛的梵文為阿閦佛 (Akshobhya)，
「不動」指的是他的心不受任何情緒的牽動。
這真是很了不起的功德，然而一開始他也不過是個普通的凡人。
我們要做到一天不動怒都很難，
更何況是在成佛之前的修行過程中都不動怒。
不動佛偉大的勇氣令我感動，讓我覺得或許自己應該發誓不再動怒，
至於自己是否在成佛之前都能這麼持守，我並不確定，
因為來世會如何自己也不知道，但是最少直至此生終了絕不再動怒。

修什麼都離不開心

2010 年，喜瑪拉雅課程：《菩提道燈論》開示

修行上重點在調伏自己，而不是外在，自己的心是不是轉變了，
自己的功德是不是增長了，才是重點。
真正供養的對象應該是自己的心，
真正應該祈請、祈願的對象也是自己的心。
一開始可以作外在的皈依，但最終要回歸自己的心。

不忘歡喜初發心

2012 年，第 29 屆噶舉大祈願法會

除了有大悲上師們的引導和幫助，自己更要精進，
對修行要有一種歡喜心，這是很重要的，
修行是自己的事，如果勉強就不自然了。
要記得修行一開始是一種歡喜和渴求，
否則只是盲目的修著苦行，是沒有意義的。

國際和平日
9.21
星期＿＿

世界和平來自真誠

2007 年，第 25 屆噶舉祈願大法會

真正帶給世界和平的祈願，依靠的是我們真誠的善心和發願，
透過每個人所具備的真誠發心，
那麼才有可能為世界帶來和平，為眾生帶來快樂。

9.22
星期＿＿

你知道該聽誰的！

2012 年，第 29 屆噶舉大祈願法會

你要跟你的心好好溝通，好好看護你的心，
隨時要守護自己、告誡自己、引導自己，這就是「修行」的意思。
我們的心不太穩定，有時善、有時惡，
心中常像有兩個人在對話、激辯，
一個說「我應該瞋恨、我應該嫉妒」，另一個說「我應該慈悲，
我心量應該放大」，不知該聽誰的。
但你到底要讓自己成為怎麼樣一個人？抉擇在你自己！

數不出來的日子

2014 年，第 18 屆噶舉冬季辯經大法會開示

無常是一剎那一剎那在改變，不應將時間浪費在無實義事情上，
因為我們無法確定，餘下的日子還所剩多少。

禪繞善良動機

2010 年，第 28 屆噶舉大祈願法會

我們都在學習禪定，禪定的重點就是心中要保持善的動機。
如果總是坐得舒舒服服的，隨便修修，過一天算一天，
將來我們真遇到身心困難時，是沒有辦法真正修行的。
那時你怎麼呼喊蓮花生大士也是沒有用的。
所以，就像經典裡提到的，當我們的身心經驗到一些苦樂時，
別只想到自己，要想著一切眾生跟我一樣有這些苦樂感受。
所以，如果我們擁有修行人的名號，
要這樣修行，而不是嘴巴上隨便念念。

9.25
星期＿＿

積小善成大資糧
《法王教你做菩薩》，第 117 頁

利益他人時要懂得方便善巧，不要一下子寄望太高，做多少是多少，
要量力而為。如此會比較安心，也不會有無力感。
這與如何累積福德資糧是一樣的。
我們無法一開始就做出很偉大的事情，而是要一點一滴地去做累積。
當完成一件小的善行時，我們會感到高興，
然後覺得自己可以再做得更多一點。
以這樣的方式，我們所為的善行，就能隨時間而增大增廣。

9.26
星期＿＿

一念善心到念念善心
2012 年，〈金剛總持簡短祈請文〉開示

我遇到這麼多問題、這麼多紛爭，不要太在乎別人怎麼說，
那個並不重要，重要是自己的態度，
自己有沒有保持關懷他人那一念善心。
別人是黑的，我不用變成跟他一樣黑、變成不好的，
這是我總是提醒自己的。

對自己也要恭敬

2001 年，開示：解脫功德之本具

只是寄望於佛陀的慈悲眷顧讓我們達到解脫的想法，是愚癡的。
除了自己以外，沒有任何人能令我們成就解脫。
因此我們也要對自己恭敬尊重，要知道煩惱業力只會傷害自己。
所以千萬不能不珍重愛惜自己，因為自心能解脫，
所以於佛道上精進的同時，除了要恭敬上師之外，
對自己身心也要如對上師般的珍重恭敬。

沒有厭離改不了

2012 年，第八世噶瑪巴米覺多傑教言：《無死甘露妙樹》開示

既是具德的上師，你不可能不會生起信心；
如果你沒有生起信心，那是因為你不能捨棄此生；
如果你沒有厭離此生捨棄此生，即使遇上了具德的上師，
也不可能對你有任何的改變。

9.29
星期＿＿

慈悲不是在看戲

2015 年，史丹佛大學演說

有時我們會將自己抽離出來，坐視世界的痛苦，猶如悠哉看戲一般。
例如，我們知道中東國家正遭受的痛苦和困難，但我們就只是閒坐旁觀，
好像在看秀一樣，不會真的挺身而出，採取行動，改善局勢。
慈悲指的是更多的參與，更多的行動，更多的投入，也代表更多的冒險。
但人類的習氣似乎讓很少人可以享受冒險，
我們會覺得在自己習慣的環境中，事事安穩平順，這樣比較舒服。
我們看似與他人是分開的，但實際上卻非常親近。
這在當今的世界更是如此：我們的世界變得愈來愈小，
我們與世界上每個人愈來愈親密，
與他人共享的痛苦和快樂也愈來愈多。

9.30
星期＿＿

抉擇時的智慧

2009 年，開示：生活中的佛法

對一位修行人，慈悲很重要，智慧也很重要，
但要抉擇時，智慧更重要，
這時你就要拿出深刻的智慧，幫助自己抉擇。
當你不觀察不分析時，可能以為貪慾也不錯嘛，
這時就要以正確如法的態度，讓慈悲智慧平衡，這很重要。

10

October

忍辱之愛

❀

我們應該將逆境視為提升、增強我們的力量，莊嚴我們的機會。
幫助我們展現真正本色的，正是這些逆境。

農曆十月

	1	2	3	4	5	6
7	8 六齋日	9	10	11	12	13
14 六齋日	15 六齋日	16	17	18	19	20
21	22	23 六齋日	24	25	26	27
28 六齋日	29 六齋日	30 六齋日				

藏曆十月【持眾月】

	1 禪定勝王佛日	2	3	4	5	6
7	8 藥師佛日	9	10 千劫佛日	11	12	13
14	15 阿彌陀佛日	16	17	18 觀世音菩薩日	19	20
21 地藏王菩薩日	22	23 大日如來日	24	25 蓮師日	26	27
28	29	30 釋迦牟尼佛日				

10.01
星期＿＿

噶舉的法教傳承
法王噶瑪巴的自我介紹

我不認為噶舉傳承的法教和哲理不同於其他傳承的法教。
我追隨歷代噶瑪巴的忠告，任何佛陀的法教都是噶舉的法教，
因此所有佛陀法教的追隨者也都是噶舉法教的追隨者。
我對佛教各傳承教派都同樣地虔誠和尊敬，
並且盡力地為所有的人類服務。
如果我能忠實的實踐我的目標，
則這一切的辛勞及那麼多人因為我而遭遇的困難也才會有價值。

10.02
星期＿＿

全力去修持
2014 年，第 18 屆噶舉冬季辯經大法會

若一生無特別目標，則何時死亡並不重要。
但我們已知道獲得暇滿人身寶，
今生有重要大事要做、有偉大目標，如果浪費此人身，將會懊悔萬分。
我們雖對死亡產生恐懼，仍未立即投入全力去修持佛法，
代表「死亡無常」的觀修並未融入自相續。

嚴以律己，寬以待人

2012 年，第八世噶瑪巴米覺多傑教言：《無死甘露妙樹》開示

貪瞋癡這些熾盛的煩惱，平常我們不會視之為病，
但在真實的意義上，它其實是一種心病，而且是一個很重的疾病。
我們自己在這方面有著如高山一般重大的過失，
而我們卻極力隱藏著，裝成自己沒有過失一樣，
但是別人即使有僅僅如印度咖哩湯汁內小碗豆般大的一點點小過失，
我們也要去挖它出來，指給其他人看，說他有這樣的過失，
這豈是修行人應有的作為。

心靈依靠處

2009 年，開示：生活中的佛法

在我們生活裡，已經有「皈依」的概念，其實是指依靠，
就像小孩子要靠父母的照顧，這指的是心的希望和信心，
就像小孩子受到驚嚇，會反射式的叫媽媽，在輪迴的痛苦中，
我們也希望有個名號可以呼喊，有個心靈的依靠處。
三寶，就是這個內在皈依的心靈依靠處。

世界教師日

10.05
星期＿＿

祈請善知識住世

2012 年，第 29 屆噶舉大祈願法會

一個人即使只是幫助我們從此地到另一個地方，都要感謝；
何況是幫助我們從此岸到彼岸，幫我們出無明昏昧的善知識呢？
我們更要感恩，要憶念善知識的功德。
善知識能住世並告訴我們取捨，讓我們從無明昏昧當中清醒出來，
我們真的很需要善知識的帶領，我們現在有依怙、有皈依處，
就是因為善知識還在，因此要祈請善知識長壽住世。
身為弟子的我們要不斷不斷地祈請上師住世

10.06
星期＿＿

頂禮菩薩的目的

《我願無盡》，第 117 頁

我們現在讚歎、頂禮佛菩薩，
其實就是在練習、鍛鍊我們自己，讓我們慢慢懂得隨喜跟稱歎，
進而能夠遍及一切眾生。
不然，我們一方面稱讚諸佛菩薩，一方面卻批評毀謗眾生，
這就不是普賢行的意義了。

別人恩將仇報時

2014 年，開示：快樂的藝術

對於我們曾經善待或努力幫助過的人，當他們反過來傷害我們時，
這比受到敵人的傷害還令人傷心失望。
因此，這是一個更具挑戰的情況。
我們應該學習以平等心和悲心，面對這種出乎意料的傷害。
正因為它很難做到，所以我們的努力會有更大的回報。
因此，我們理應將這些人視為是自己最珍貴的善知識。

兩種悲心

2010 年，開示：如何開展悲心

悲心區分為：專注於外的悲心、與專注於內的悲心。
當往外觀察到眾生的痛苦，而生起解除他人痛苦的願望時，
這是我們通常說的悲心。當往內觀察到自己的痛苦，
而生起斷除自身痛苦的願望時，這便是出離心。
此兩種悲心的分別在於所專注之對象的不同。
自身的痛苦也好、他人的痛苦也好，
想要從痛苦中解脫的希冀卻是一致的。

10.09
星期＿＿

真實的願力

2013 年，第 30 屆噶舉大祈願法會

菩提心簡單來說，就是發願。因此，願力真的不可思議。
但如果只是嘴上唸唸的發願，那是不會有大力量的，
真實的願力來自於哪裡？來自於我們真誠、善良的心。
然而，這種真實的願心也不是隨隨便便就能發起的，
而必須經過自己反覆、深刻地思維，了解發願的意義，
領會眾生的苦難，知道佛法的意義之後，才可能生起。
因此，請大家放在心中。

10.10
星期＿＿

把握每個與萬法結緣的機會

2011 年，杭特學院演講：悲心與心的真正本質

我們都不能獨立於他人而生存。
不論我們發生什麼事，都無法有完全的自主能力，
因為每一件事情都與其他事情有所關連。
所有我們生命中的事物，都是依靠著其他事物、與其他事物互有關連。
不論想要的是快樂也好、痛苦也好，更出名、
更自由、更能主宰自己的生命也好，一切的一切都與其他事物有關。
由於萬法互依，因而在生活中與其他事物建立關係時的每一個階段，
我們都有一個與萬法結下善緣的機會。
因此，我們應該努力地去建立起能增長善業的正面與和諧的關係。

只是覺知它就好

2012 年，〈金剛總持祈請文〉開示

所謂不忘失覺知，意思是念頭生起時，
要做的就是覺知它，你要把握住的是你那種清晰、不用力的覺知，
不需要對念頭做任何評估或批判，
只是去輕輕的覺知每一個生起的念頭。

對人對事要分別

2014 年，開示：快樂的藝術

我們一定要將「人」和「事」分開，
也就是將「人」和「行為」分開。
「人的行為」會出現各種的好壞對錯，對於行為的好壞對錯，
我們可以有相應的態度和相應對策，但是對於這個人，
我們就要去體諒、去原諒他，並對他生起悲心。

10.13
星期＿＿

心柔軟這件份內事
2007 年，開示：參加祈願法會應有的心態

使自己的內心調柔寂靜、尋得平靜，是自己份內之事。
如果需要外人來監督的話，那是最下等的了。
因此，我們要知道持守規矩是自己的份內事。
光是知道也還不夠，平時要多學習。

10.14
星期＿＿

修行就是恢復心的光明
2009 年，第三期華人宗門實修

消除逆緣最好的方法，就是心的光明。
心的本質，是清涼、透澈、喜樂，
具有光明的覺照力量，有種內在的寂靜。
即使在死亡時，有了心的光明，就不會看到死亡的黑暗，
心的清涼、喜樂、寧靜，是不會和我們分離的。
而所謂修行，就是恢復心的光明、清涼、溫暖。

法能治煩惱才有用

2014 年，開示：快樂的藝術

將佛法帶入生活中，是說將佛法做為煩惱的對治法，
時時刻刻去反抗煩惱。
不是佛堂中七支座法坐的筆直，下座後就一概拋在腦後。
若無時刻對治煩惱，不論在佛堂打座中有多莊嚴，都毫無效益，
因為真正的對治法是在煩惱最多時生起才有用。

吃素之愛

2006 年，第 24 屆噶舉祈願大法會

讓自己具恩的根本上師或傳承上師長壽，最好的方法就是「放生」，
而放生最好的方法就是「吃素」！這是最主要的原因。
也可以說，我們是為了關愛盡虛空遍法界一切的眾生，而發願茹素。
請大家要好好的做這個決定，如果第一次發願後
再輕易違犯的話，之後會有惡性循環的問題，
此後所發的願也將不易持守，如此就不好了。

10.17
星期____

修行動機要正確
2007 年，第 25 屆噶舉大祈願法會

聞法及修法時抱持正確「動機」的很重要。
佛法珍貴難得，我們應當以渴求的心來聽聞佛法，彷彿是飢餓不堪的
人；或自己是病人，而說法的人是醫師。
修持佛法的目的不是為了今世的名利，甚或來世的安樂，
我們必須以出離輪迴求得解脫的心來修持。

10.18
星期____

越修越苦是我執
2005 年，宗門實修：四共加行

有的人覺得好像修了悲心之後，卻反而更苦了。
這可能是修持的方法錯誤。為什麼這麼說呢？
因為我們的我執沒有去除，有可能愈修持慈悲反而我執愈強。
比如說執著「我的」母親病了，「我的」兒子病了；
雖然是有慈愛心，卻夾雜著我執；而我執是一切痛苦的因。
本來沒有一個我存在，但是卻執著有我；
因此是有我執的慈悲行為而造成的痛苦，不是因為修持慈悲心而產生的。

口頭禪不是禪

2014 年，第 18 屆噶舉冬季辯經大法會

嘴上儘管將因果講的頭頭是道，若未能結合行持也毫無意義。
要將聽聞的法與自心相續結合，若將法成為貪執的工具，就背道而馳。
因此要將所聽聞教法結合自心，讓自身行誼非常調柔。

少害生才能延壽

2007 年，達拉浩斯活動開示

光只是得到長壽佛灌頂就可以得到長壽，這是不可能的。
長壽所需要的條件，是取決於是否能對其他的眾生生起一種珍愛之心，
而能盡量減少傷害其他眾生的行為。如此才能讓自己獲得長壽的果報。
除此之外，若光只是得到長壽灌頂就能夠得到加持，
獲得長壽果報，這是連我自己都不相信的。

10.21

星期___

逆境顯出真本事

2015 年，開示：無常

順境中沒有修持的機會，只有在逆境時才有機會展現實力。
好比一位柔道高手。如果對手是個普通人，
就沒有機會提升自己的功夫，展現自己真正的實力量。
唯有對手與自己旗鼓相當，或是比自己還高明時，
才有機會展露自己的功力，或是開創新的招數。
因此，我們應該將逆境視為提升、增強我們的力量，
莊嚴我們的機會。
幫助我們展現真正本色的，正是這些逆境。

10.22

星期___

修的不是別的，是解脫

2010 年，第 28 屆噶舉大祈願法會

我們所有所學的佛法，目的都不是向外求索，
而是要拿來調伏自心，要以此當作修行最重要、最終極的目標。
有些人以為修藥師佛是為了求健康，修度母是為了生兒子，
修黃財神是為了發財……修什麼法，
都有一個外在的世間目標，這樣是不如法的。
我們要讓一切修行力，向內降伏自己，朝向究竟的目標：
幫助自他離苦得樂。

別以為那是傳說

2012 年，第八世噶瑪巴米覺多傑教言：《無死甘露妙樹》開示

今生的福德，不論再怎麼圓滿，我們都不應該貪戀且深陷其中。
死亡並不是一個故事或一個傳說，也並非需要以一種比量心，
或推理的方式才可以獲知，因為你可以真實的確定死亡一定會到來。

真正的好人

2012 年，接見華人信眾給予佛法開示

僅成為一個名義上的佛教徒，或只是擁有一個殊勝法脈都是不夠的，
最重要的是要能真正實踐、實修，能夠在真實生活當中做一個好人，
在家裡就做個好的家庭成員，在社會裡面做個好的社會人士，
反正最基本就是做一個真正的好人。
我不希望你們成為一個很固執的佛教徒；
做個固執的佛教徒，對這個世界到底是有利益、還是有壞處？
那可不一定哦。
但能夠做一個很善良的人，應該會為這個世界帶來美好的未來。

10.25
星期＿＿

對治煩惱沒空檔

2014 年，開示：快樂的藝術

我們不論是佛堂打坐、或做家務事，或與人攀談之時，
如同往昔大德所說，應在時時刻刻、不論是在行走坐臥時，
即使是繫皮帶時，都要看這當時的心態是否有參雜煩惱。
不論所做何事，都要去對治時時刻刻生起的煩惱，
以修法的勇氣，在任何空間和時間，都和對治法一同去應對煩惱。

10.26
星期＿＿

心亂跑的禪修是坐牢

2009 年，開示：生活中的佛法

當你真的想讓心得到平靜，願意把身語約束起來從事禪修；
否則心向外馳，卻約束身語，這叫「坐牢」，不叫「閉關」。
「沒有出離的心，而去閉關，你會後悔。」
如果找到時間、地方閉關，那很好；
如果找不到時間閉關，只能在生活裡禪修，那也很好。
重點是禪修，而不是把自己關起來。

與上師的清淨聯繫

2012 年，第八世噶瑪巴米覺多傑教言：《無死甘露妙樹》開示

想要解脫的弟子，究竟應如何才能認清並依止具德的上師呢？
辨別一位具德上師的區分點在哪？他的身口意必須是恭敬及皈依處。
一般而言，上師一定要是善知識，亦即善的朋友，
一個可以令自己相信及依靠的善友，
可以將自己內、外、密的所有祕密及心事，都說給他聽的善友，
對他沒有任何的隱瞞，彼此有清淨的聯繫。

無害的第一步

2010 年，第 28 屆噶舉大祈願法會

佛教法是「無傷害的」，傷害從哪兒產生的？
是從心裡，心裡的貪愛、嫉妒、瞋恨等都是傷害的源頭；
但其實最先受傷害的，是自己，譬如瞋恨時，
自己先受影響而失去平靜、甚至氣的睡不著。
傷害形之於外是藉由身語的形式，
要止息身語的傷害，首先要讓心寂靜調柔。

10.29
星期＿＿

自然地幫助世界和平
2008 年，愛莉斯計劃環球教育學校開示

你們要能夠培養好的人生目標。
如果能夠為世界的和平安樂而努力，
這將使你的生命更有價值與意義。
如果你現在培養一個善良的心，如此的善念將伴隨你一生，
而你也會很自然地幫助世界走向和平。

10.30
星期＿＿

讓思維入正念的方法
2014 年，第 18 屆噶舉冬季辯經大法會開示

為了利益三寶及一切眾生，
若能將自身及一切身外之物，全都無戀的供養出去，
那所有思維都可以趨入正念。

意義也能這麼找

2011 年，《賢劫千佛灌頂》開示

人生的方向目標不是從自身的身口意去找，
要從更多其他生命去找到生命的意義。
平常我總是盡力想要幫助別人，但也會遇到很多的問題和挑戰，
甚至也會覺得很挫折，也會問自己做這些事是不是不具意義？
但是看到還是有這麼多的朋友對我抱以期待和寄託，看到他們的心，
讓我想到我的人生還是有意義的。
在自己身上找不到人生的目標，卻能在其他生命上找到。
生命如同網狀，不是一個四四方方、硬梆梆的單獨個體。

11

精進之愛

✳

格西敦巴說：「所謂的修法就是『捨棄今生，憶念死亡無常』」。
依靠死亡無常而鞭策自己，覺得時間不夠用了，
對世界生起厭離心，對修法生起精進心的話，才能稱之為修法。

（前頁圖說）「冷漠，是這個世紀最大的危機。」法王噶瑪巴提醒，要記得喚醒自己當下的慈悲心，要對有情
的苦樂，感同身受。

農曆十一月

1	2	3	4	5	6
7	8 六齋日	9	10	11	12	13
14 六齋日	15 六齋日	16	17 阿彌陀佛聖誕	18	19	20
21	22	23 六齋日	24	25	26	27
28 六齋日	29 六齋日	30 六齋日				

藏曆十一月【莊嚴月】

1	2	3	4	5	6
禪定勝王佛日			第八世噶瑪巴 米覺多傑誕辰		
7	8 藥師佛日	9	10 千劫佛日	11	12	13
14	15 第十世噶瑪巴確 映多傑圓寂 阿彌陀佛日	16	17	18 觀世音菩薩日	19	20
21 地藏王菩薩日	22	23 大日如來日	24	25 蓮師日	26	27
28	29	30 釋迦牟尼佛日				

11.01
星期___

一念善心即佛行
2009 年，第 26 屆噶舉大祈願法會

人們都說「噶瑪巴是諸佛事業的總集」，
但不是只有我一個人是在行佛事業，你們也要參與，
你們任何一個善心善行、發任何一個善願，都是在行佛事業。

11.02
星期___

好去處的這條路
2009 年，教授三戒律課程

我們之所以能夠邁向解脫證悟，
是依靠著有一個較好的投生（增上生），
特別是能獲得一個可以修習佛法、培養慈悲心的人身。
若是墮入畜生、惡鬼、地獄下三道中，絕不可能有機會邁向成佛之道。
因此，將墮入三惡道之門閉塞起來，是非常重要的。
由於墮入三惡道的因，是做出有害眾生的行為，
為了要閉塞三惡道之門，我們必須澈底斷除所有身體與言語上的惡行。
既然獲得增上生的因，是過去生能夠持守戒律，
此生必須善守戒律的道理，也就很容易能明白了。
簡而言之，戒律是行持一切佛法的基礎。

真的精進

2014 年，第 16 屆噶舉冬季辯經大法會

格西敦巴說：「所謂的修法就是『捨棄今生，憶念死亡無常』」。
依靠死亡無常而鞭策自己，覺得自己真的時間不夠用了，
對世界生起厭離心，對修法生起精進心的話，才能稱之為修法。
否則的話，不捨棄今生，也不憶念死亡無常，
那麼你不管是修持什麼樣的法，都只會成為世間八法的一個部分，
不會成為真實的佛法。

修行人的本分

2012 年，第八世噶瑪巴米覺多傑教言：《無死甘露妙樹》開示

修行人一定要把主要的精力放在修法上，把成辦世間法視為次要，
如果顛倒了把主要精力放在世間法上，那就錯了！
好比說一個木匠，製作木製品才是他的本分。
一般人可分成很多種類，以修行人而言，
他必須修持出世間法，世間法就適可而止的去作，
能成辦世間法則可，若不能成辦也不一定要刻意去成辦。

11.05
星期＿＿

「去做」的皈依
2015 年，第二屆讖摩比丘尼辯經法會

皈依並非僅生起信心就足矣，
還要進一步的去實行、達到和皈依對境一樣的果位，
具備這樣「去做」的態度，才能稱之為「皈依」。

11.06
星期＿＿

放下，向前走
2009 年，《龍樹親友書》開示

我們總是會做錯事情，若因此覺得已經是一個被染污的人，
甚至覺得自己十惡不赦，因而關閉解脫之門，這也沒必要。
我們可以這樣想，在無數過去世的輪迴中，
心的相續所留下的罪業來看，今生造的惡業，
跟我們無始以來所造的惡業比起來，實在很少，只是大海中的一滴，
至少今生還知道做了什麼，過去世連做了什麼都不知道。
所以不要太責怪自己，要放下，從心裡釋放自己，
繼續往前走，別因曾犯錯就讓自己不能前進、不能修持，不要這樣。

能夠深刻的師徒關係

2014 年，春季課程

上師和弟子間不用客氣，坦承而直接，沒有隱藏。
若師徒之間總是客氣來、客氣去，你會發現，這樣的關係是不穩固的，
師徒關係的功德也很難生起。
什麼是「互相真誠、不客氣」？上師直接說出弟子的功德和過失，
弟子也將自己所有的過失和功德，沒有任何隱藏，向上師坦承，
例如有哪些煩惱、過患等等。
這樣師徒關係就會日益深刻，不會輕易被其他狀況所破壞。

活生生的法寶

2015 年，第二屆讖摩比丘尼辯經法會

我們現在的這一念善心、悲心可能很微弱，但也不要輕忽它，
一定要盡力去珍惜、保護它，就如同對於三寶的尊敬一樣。
「三寶」當中的「法寶」是什麼？活生生的真實法寶，
就是我們心中的那一念善心、一念悲心。
希望大家善加珍惜這一念善心，就如同珍惜尊敬法寶一般，
盡量去保護、培養、開發它，讓它更為增長。
我相信，從根本上我們都具有這樣的善心。

11.09

星期___

祈願的精神

2012 年，接見噶舉之友開示

菩薩的祈願有兩種：一種是能實現的，譬如未來要成佛；
一種是不能實現的，如承擔一切眾生的痛苦，把善功德給一切有情。
這種祈願雖然難以實現卻很重要，它可以訓練悲心、願力和勇氣，
讓自己的心量無限的擴大。
不能說這種祈願既然不會實現，也就不祈願了。
我們反而要不斷的如此練習。
很多祈願文最後有「願成就」、「願成辦」的祈願語，就是這樣的精神。

11.10

星期___

放煩惱一馬

2014 年，開示大手印面對煩惱的方法

煩惱的力量不是來自於煩惱本身，煩惱本身並不帶有這樣的力量。
煩惱的力量是我們賦予的。
煩惱生起時，如果我們不予以回應，
而是任由它去的話，它就會慢慢消失。

悲心是毀謗的最好盾牌

2014 年，開示：快樂的藝術

面對別人的毀謗和惡意攻擊，雖然已對自己造成傷害，仍要去承受。
若遭眾生毀謗之時，想想如果被毀謗的是悲心和慈心的修行者，
他會想：「他毀謗我，但這並非他的本意，
而是因為他被煩惱所掌控，罪魁禍首是煩惱，
因此這人也是不由自主的被煩惱三毒所蒙蔽的，
他對我的誹謗之行也是情有可原。」
以此想法，就能將被他人毀謗的傷害降到最低，
同時能更好的利益他人。

善思維眾生恩

2012 年，第 29 屆噶舉大祈願法會

跟我們共同生存在地球上的一切生命，對我們都是有恩德的。
要知道所謂「父母」有很多種，
包括誕生、賜與生命的父母，養育、照顧我們的父母。
我們除了要感恩給我們生命、養育我們的父母，
生命中還有很多照顧我們、幫助我們的人。
例如一盒飯直接現成買來看似容易，背後卻是許多人的心力，
只是吃的時候，不會想到這一切，只覺得好吃、很香。
其實有很多不認識的陌生人在幫助我們，就像是我們不認識的父母。
這樣一層一層去思維，可以知道每個生命對我們都有恩德。

11.13
星期＿＿

學習的目的在分享
2009 年，教授三戒律課程

我們所有聞、思、修等活動，應是為了他人的利益和安樂，
而非為了使自己成為學者，或贏得博學的美譽。
我們積累的知識，不應成為美化自己的飾物，
或是為了顯示自己比他人多聞而獲得讚美。
正如當我們得到一塊寶石時，我們的心願應為：
將寶石供養給他人，來莊嚴美化他們；
因此，我們學習的目的，應是和他人分享我們的收獲。

11.14
星期＿＿

潛能與體驗
2013 年，開示：心的本質

一切眾生皆有成就圓滿佛果的潛能。
眾生本來是佛，而此佛性本來完美無垢，不受任何的染污。
但是我們在相對、或直接經驗的層次上，體驗到的並非如此。
我們體驗到的，
是此圓滿清淨的佛性，受到自身妄見遮蔽下的產物。

對治煩惱要有內應

2014 年，開示：快樂的藝術

我們對治煩惱也要內外雙修、時刻都做好準備去對治煩惱。
譬如外在的動作上，我們會頂禮、獻曼達等一系列修持，
但外在雖然準備充足，若內心沒有對煩惱生起厭煩之心，
不論外在準備的多充足、條件多殊勝，
不論是頂禮、祈禱、集資淨障等，都沒有作用，
因為對治法需要內應、要內心真正厭惡煩惱。

我執是最大的心魔

2007 年，藥師佛法會：藥師佛灌頂

世間有外在的魔，但最主要的魔在我們心中，那就是「我執」。
如果不去除我執，就好像金剛帷幔中塞了毒藥一般。
若你讓我執的毒舒適地住在你心中，你再怎麼高喊「吽呸」，
也毫無用處，去除不了什麼魔障。
這就好像小偷在家裡，你卻在大街上高喊小偷不要進來，
那有什麼用呢？任由家裡的小偷偷東西，
而去外面抓小偷是沒有用的。
因此，雖然灌頂儀式中有遮除魔障的部分，
但去除心中的魔障還是最重要的。

11.17

星期____

修持要有自知之明

2009 年，教授三戒律課程

修持若不循序漸進，受戒若不依次第，
那好比是未經訓練，就想力舉巨石一般。
一不小心，巨石可能還砸在自己的頭上。所有佛陀的法教，
無一法我們不能成就。但是，我們也必須向內評量自己當下的能力，
有那幾項能夠持守的戒律，就只領受那幾項。
我們應該瞭解到自身已具備成佛的基本潛力，
我們需要做的，只是按步就班地修習符合自身程度的法教。
除此之外，沒有任何其它的方法可以證悟。

11.18

星期____

別讓位給煩惱

2006 年，開示：勿說他人過

雖然未能根本除去無明迷惑相，但是現前卻有知曉他人心念的神通，
也許多少能斷言他人的功德或過失。
但若是沒有他心通，「而作計度諸有情善惡」，
自己無明迷惑還未清淨，對他人的心念亦無法明白是善是惡，
是菩薩還或是凡夫，卻仍隨便的斷定這是善、這是惡。
由煩惱主宰而去判斷的話，就會墮入大深淵。

流轉輪迴的因

2011 年，鹿野苑開示

同一朵藍色的花，不同的人會因為各自不同的習性，
而對這朵花會有不同的看法。因此，我們認為實有的外境，
其實是各自善惡習氣的展現，雖然我們會感知到外境，
但是那只是我們內心的展現，外境並不真實存在，
而錯誤地執著外境實存，正是我們於輪迴中流轉的成因。

身教要重視

2015 年，史丹佛大學演説

我確實記得我的父母給予我們的身教，尤其是如何對待其他的生命。
他們真的對每一個生命都非常尊重與愛護，
教導我們就連小昆蟲的生命都要去保護，提醒我們走路要小心，
避免踐踏到它們。我覺得這就是一個非常正面的影響。
因此，關於現代孩子的教育，我覺得最重要的事情之一，
是父母本身要儘量修持慈悲，增長慈悲。
如果父母這麼做，那麼肯定會對孩子有自然、強烈而正面的影響。
為人父母的能將對下一代的責任感，
當成是自己培養慈悲的動機之一，我認為這很重要。

11.21
星期＿＿

有渴求的請法

2012 年，第 29 屆噶舉大祈願法會

如果我們不學習、也不實修，總是在求法，
祈請給法、給大法，這是不行的；就像有人請了大藏經之後，
就供在家裡，不念也不修──很多時候我們一提到「大藏經」，
就感覺好像要好好珍藏起來、好好供在櫃子裡，
希望不要變成這個樣子。當我們說「請轉法輪」時，
其實心中要有一種強烈渴求的心，祈求傳法教，
如果有渴求強烈的心，對所學習聽聞到的法，
就會知道是很重要的，會真正去實修它。

11.22
星期＿＿

絕不向惡念低頭

2012 年，菩提迦耶魯特學院的佛學問答

我們必須培養向善的意圖，並誓願取善捨惡。
我們應該經常地去思索自身的經驗，調動身、語、意三門的力量，
誓願絕不向煩惱惡念低頭；
同時我們也應當培養穩定的正念，
對自己當下的一言一行保持覺知。

根本上師能調伏你

2008 年，宗門實修：《噶舉祖師教言》開示

關於上師，我們還可以分為兩種：可以依止的上師跟可以聽法的上師，
因為有實修的上師基本上不是那麼多，真正能夠面對並調伏煩惱、
甚至悟道的上師很少，但是他具有佛法的學問，我們可去聽他的法，
從而多認識佛法。可以依止的上師，就需要具備真正的實修，
能夠調伏煩惱；其他沒有實修，只是懂得佛典、三藏的上師，
我們可以去聽他的法，或者就是說可以去恭敬他，
但是不能把他當成自己所依靠的上師或者根本上師。

修持所要縮短的距離

2015 年，曼哈頓：心意相連，創造慈悲的世界

如何修持慈悲呢？
慈悲的修持在於縮減修持的人與所修的法之間的距離。
只要這兩者之間還存在很大的距離，
這便代表我們的禪修仍然不是太成功。我們必須逐步縮小這個距離，
讓禪修的人與所禪修的慈悲沒有分別，兩者之間的距離完全消失，
禪修者完全成為慈悲的本質。

11.25
星期___

聖者眼中的輪迴過患
2012 年，第八世噶瑪巴米覺多傑教言：《無死甘露妙樹》開示

我們在手上放一粒灰塵，手不會有任何的感覺，
但是我們的眼睛裡若進入一粒灰塵，我們就會有感覺。
同理，我們一般的凡夫眾生，對輪迴的過患快樂與痛苦的感覺，
就像手上放一粒灰塵一般；
但對一位聖者而言，輪迴的過患就像眼睛內的灰塵一樣，
會難以忍受。

11.26
星期___

慈悲的感染力
2009 年，第三期華人宗門實修

有工作的人，要發願我們的工作帶給別人快樂，
幫助別人，想辦法讓品質提高，這就是工作裡的修行和布施。
有孩子的人，努力把孩子教養成慈悲利他的人，
這樣養孩子本身就是一項修行。
有伴侶的人，擴大對伴侶的感情，
就成為對眾生的愛和慈悲。
真正的慈悲，是有感染力的。

與煩惱絕交

2014 年，開示：快樂的藝術

有人一方面依靠及修持對治法，但從內心深處，
卻和煩惱結為至交，因此就算外在表面如何修持，
但內心卻和煩惱形影不離、難以割捨，
這樣就很難真正對治煩惱了。

法行事業這一步

2014 年，第一屆讖摩比丘尼辯經法會

當成辦法行事業時，一切本尊、上師、空行、護法都會來支持我們。
因此，未來當我們真正做法行事業時，
我們一定要帶著強大的信心，毫不遲疑地勇往直前。
一旦踏出了第一步，
諸佛菩薩、上師、本尊、護法都會來支持我們。
我有這樣的信心。

11.29

星期＿＿

本尊的本質是諸佛

2014 年，《了義炬》課程：金剛薩埵開示

觀修本尊時最重要關鍵，就是：當你在修持某本尊時，
這一個本尊，他並不是獨立的本尊，完全不是，你要深刻記得，
他的本質就是十方諸佛的本質，本質是相同的。
就好像一個很大的瓶子能夠裝下很多東西，
同樣每一個本尊都足以容納一切本尊，結合一切的功德與加持，
因此本尊具有十方諸佛的自性，
自然具備十方諸佛一切的功德與加持，
不然若起了分別，而產生「皈依此尊而不皈依其他尊」等想法，
就違反皈依戒了。

11.30

星期＿＿

降伏自己是正途

2010 年，第 28 屆噶舉大祈願法會

竹巴根列大師：「如果我們能對治煩惱，降伏自己，
就是一個持守正法的人。」持守正法不是靠口和手，
而是真正行持聞思修三學，降伏自己，對治煩惱，才是持守正法。
我們要對一切持守正法的人，由衷感到歡喜而隨喜。

12
December

證悟之愛

❋

如果心裡所想的都是世間法的話，不論做任何事，都只會成就世間及輪迴。
反之，心裡總是想著出世間法，就可以成就涅槃與解脫。

農曆十二月

1	2	3	4	5	6

7	8	9	10	11	12	13
	佛陀成道日 六齋日					

14	15	16	17	18	19	20
六齋日	六齋日					

21	22	23	24	25	26	27
		六齋日				

28	29	30
六齋日	六齋日	六齋日

藏曆十二月【滿意月】

1	2	3	4	5	6
禪定勝王佛日					

7	8	9	10	11	12	13
	藥師佛日		第十四世噶瑪巴 特秋多傑辰 千劫佛日			

14	15	16	17	18	19	20
	阿彌陀佛日			觀世音菩薩日		

21	22	23	24	25	26	27
地藏王菩薩日		大日如來日		蓮師日		

28	29	30
		釋迦牟尼佛日

金色世界的觀修

2006 年，第 24 屆噶舉祈願大法會

我祝願，在祈願法會的時候，唸誦者們意所生、口所出的每字每句，
都成為金色的形體，字字充滿遍佈於世界的所有空間，
清洗寂滅污煙、哀嚎與戰聲，讓慈悲的字句與眾生的善心結合，
如同日月、星辰般照耀，以溫暖慈悲與清涼智慧的萬丈光芒，
照射至每一位眾生，滌淨自身長久的無明與貪欲瞋恚的黑暗。

一天作一生的觀修

2014 年，第 16 屆噶舉冬季辯經大法會

我們不應將「出生到死亡」視為是很漫長的一段時間。
僅是一天也可當作一生來過。
例如往昔傳承祖師將每一天都視為一生來過，
早上起床，視為是從母胎之中降生，洗漱時想在出生後之沐浴，
吃飯時視為出生的嬰兒餵以母乳，去上學，工作，當作慢慢地成長，
晚上快要入睡時，就想著自己身體變老，即將步入死亡。
將每一天的生活視為是一生，每一瞬間都不浪費，
每一天也不會浪費，同時也會讓自己的一生具足實義。
將每一剎那都視為彌足珍貴。因為有人可在一剎那間證悟，
此每一剎那也是非常珍貴的。

助人不必錢和權

2014 年，接見發心菩薩開示

很多時候，當我們談到利益他人時，
便想到好像一定要很有錢、很有權勢，才能去利益別人，
但並不是這樣的，以我自己為例，我沒有錢，也沒有任何權力，
所以不用等著哪天我們有了錢再去幫助別人，
或者哪天我們有了權力再去利益他人；
我們現在就有最好的東西可以去利益別人，
那就是我們的身體、我們的語言，還有我們的心，
其實只要把握住這些，就可以做到利益他人。

解脫，要看你總是想什麼

2012 年，第八世噶瑪巴米覺多傑教言：《無死甘露妙樹》開示

如果你心裡所想的都是世間法的話，
不論做任何事，你都只會成就世間及輪迴。
反之，心裡總是想著出世間法，就可以成就涅槃與解脫。

12.05
星期＿＿

求神問卜的真正問題

2014 年，《大手印了義炬》開示

我們要對佛法僧三寶生起不退轉的信心。
有些人生命中一遇到問題，如生重病，或遇到緊急重大的情況，
就忘了三寶，到處去求神問卜，
這就等於你皈依了算命的、皈依了神鬼，把他們當成救護。
求神問卜本身不是問題，但是由於我們並沒有在心上真正皈依，
只是嘴上說說，這就是問題所在，
因為如果我們不曾真正從內心相信佛法僧三寶，
皈依就不會產生力量。

12.06
星期＿＿

以隨喜取代嫉妒

2011 年，《賢劫千佛灌頂》開示

有嫉妒時，最好的對治方法就是隨喜；
有瞋心時，就觀修慈心。要如何觀修隨喜？
我們可以想，嫉妒常常是看到別人很順利、很幸運，
心中不悅而導致自己內心煩亂不堪。當我們隨喜時可以如此思維：
佛弟子不總是祈願一切眾生得樂及樂因、願一切眾生遠離苦及苦因？
這樣發願，回想起這些願文的心願時，就可以想，如同我的願望一般，
他已經得到，這真是美好啊！這就是隨喜。

自心上師

2010 年，《勝道寶鬘集》釋論開示

所謂「上師」，不僅是外在樣貌的一位「人」的善知識而已，
最主要指的是我們自性顯現的上師，也就是自心的上師。
什麼是自心的上師呢？也就是那一個知道取捨，具備信心的自心。
了解這一點很重要，因為世事無常，外在的上師，
有一天會示現圓寂而離開我們；只要我們將上師的口訣法教常保心中，
成為善惡取捨的準則，那麼這位引導我們走上解脫之道的自心上師，
是永遠不會和我們分開的。

設身處地的練習

2014 年，開示：快樂的藝術

當被煩惱所逼迫時，若還不了解煩惱的話，只會被無明所迫。
我們一定要知道，愚癡無明有多黑暗、要了解自己處於何種陰暗處，
了解心生瞋恨時，這怒火的火光是如何熾熱。
藉由自身對煩惱的體驗，才能了解到別人所處的狀態，
如此一來，你才能真正站在他人的角度，對他生起原諒之心。

12.09
星期＿＿

讓願力當身體的指揮官
2012 年，第 29 屆噶舉大祈願法會

要讓自己的身體與行為要跟隨心而走，
我要讓我的身體的行為和語言，都跟隨我的心走，
聽命於我的心、我的願力。
這時候發出誓言的心力量很大，如果心力不夠時，
語言和行為是不會聽的，不會甘願當心的僕人；
如果不把全部的力量、權力都給予你的心的話，
心要行善，也沒有能力驅動身語配合去做這些善行。

國際人權日
12.10
星期＿＿

越靠近，越需要無私
2014 年，第 31 屆噶舉大祈願法會

隨資訊進步，世界感覺變得越來越小，
因此我們也變得更為親近，這代表隨著時代的進步，
我們對彼此的影響將更為容易且強烈，因此我們更能利益他人，
但不幸的是，我們也能更容易且更劇烈的相互傷害。
我們最需做的是重新強化我們無私的愛、無偏的友情及善良。

俯看情境很重要

2011 年，杭特學院演講：悲心與心的真正本質

正念與覺知如同在空中往下觀看一般地來看待我們所處的情境，
而不需要完全被情境所制伏，或是被捲入情境當中。
在自身與情境之間有那麼一種空間感、間隔感，
我認為這是非常重要的。

最怕將心比錯心

2012 年，第八世噶瑪巴米覺多傑教言：《無死甘露妙樹》開示

所有的境界及外在的顯現，
都是因為我們自己內心是否清淨與否而顯現判斷的，
由於自己一直迷惑在無明中，我們並不知道他人的心中，
究竟是在想什麼，究竟是如何思維？
我們不可能會很清楚，也不可能以他心通，了知他人的心事。
但是，我們總是憑著小小的過失，就去評判他人，
我覺得，這是非常危險的事情，就像閉著眼睛跳懸崖一樣。
所以，大家一定要注意！

12.13
星期＿＿

見解高若佛，行為像個人

2015 年，第二屆讖摩比丘尼辯經法會

一位具足正見菩薩，當他出家為僧後，
為了不讓聲聞乘教法毀滅，因此也必須堅守聲聞乘戒條。
藏人有俗諺云：「見解高若佛，行為像個人。」
就算見解和佛陀一般，行為也要像個人一樣去行持。
見解的高低，其他人無法得知，但行為一定要成為他人的典範。
因為看不到你的見解，只能依靠你的行為去判斷個人及佛教，
為了守持佛教名聲或教義，
即便見解再高深，也要像是一般人一樣的去守持戒律與戒條。

12.14
星期＿＿

支持恢復尼眾僧團

2015 年，第二屆讖摩比丘尼辯經法會

我發自內心地祈願，
自己一定要盡力支持尼眾的僧團、佛學院和閉關中心，
讓尼眾可以安心的進行聞、思、修。
這不僅是以我自己的心願去做，如同剛剛談到，
歷代法王也是如此去做，因此我想，這是如法的。
同時以現代社會的角度來說，推動女性教育也是必須的一件事情。
總之各個方面來講，「恢復尼眾僧團」都是非常重要的事情。
可以這樣講吧，只要我還活著、還有一口氣，
我一定會盡全力去推動的！

傲慢就是退步

2014 年，開示：快樂的藝術

若你對功德生起傲慢之心，那將會摧毀自己一切善法。
將自己所修之法視為最大最深，以此而滿足不去修持他法，
也是一種過患，我們要懂得修法時不能有知足狀態，該知足時要知足，
但修法絕不能認為自己修得很好、已經很如意滿意，
而原封不動的不再去修，這是很大過失。

積極的不傷害

2009 年，第三期華人宗門實修

「只要還有貪瞋癡三毒在，就會傷害眾生」
重點是不故意惡心傷害。這是消極的不傷害。
積極的不傷害，是要修持正法，
止息三毒，這才是積極的不傷害眾生。

12.17
星期____

修持不是在演戲

2009 年，教授三戒律課程

我們也必須清楚知道，透過修行，我們希望達到的目的是什麼。
否則，我們可能花上二十年的時間研究佛法，
但是在實際修行需要做取捨時，卻不知所措。
這就好比是我們花了很多的時間在想著、談論著食物，
但當我們進到餐廳裡時，看著菜單卻不知道要點什麼菜。
修持佛法的最終目的是清淨自心。我們內在的修持才是最重要的。
我們不應該像一個演員穿上戲服一般地，
將佛法的修持當做是套在身上的表相，
而應該是確確實實地用功於自心的轉化。

12.18
星期____

自然地安忍

《法王教你做菩薩》，第 100 頁

安忍，是指遇到別人的傷害時，
自然發自內心的一種慈悲為懷的安忍，並不是頑強地苦忍著。
安忍也不是任人踐踏之意，任人踐踏反而是給予他人造業的機會，
這是不對的。當你認識到煩惱是不好的時候，
自然就會想要避開煩惱，自然就會安忍，
而不需要刻意強迫自己什麼。

非暴力的最後一環

2011 年，《賢劫千佛灌頂》開示

並非不罵人、不打人了就沒有惡業，如果你的內心如火一般燃燒，
這樣不行！不害他人、非暴力，不僅是不傷害他人，也不要傷害自己。
當瞋恨心起內心如火一般在燃燒，這就是傷害自己。
如果心中還有火，怎麼會寂靜？
內心要能寂靜，就要從降伏自心、斷除心上的貪瞋癡開始下手。

平凡中最珍貴的

2012 年，第 29 屆噶舉大祈願法會

很多人修行都並沒有看重本來就具備的微細善心，
一心只想做些特別殊勝的事情，
一定要做像黃金珠寶那樣閃亮顯眼的事，
反而忘了最平凡也最珍貴的本具善心，
修行都會變得太造作、不自然，變得跟你非常遙遠。
所以我們說修行要看到原因、瞭解意義、發自內心去做，
不然只是一種表象、一種造作。

12.21
星期＿

真誠才有作用

2013 年，第 30 屆噶舉大祈願法會

就算我們沒有懂得很多佛法，沒有關係，
重點只有一個，就是要真誠，動機要清淨。
無論是發願、迴向或者任何修持、作為，都要真誠，
不然不會有任何用處的。

12.22
星期＿

面對過失別自卑

2012 年，第八世噶瑪巴米覺多傑教言：《無死甘露妙樹》開示

雖然，我們有很多過失和錯誤，但我們不需要去自卑，為什麼呢？
因為，我們在今生知道了自己有過失，能看到自己的過失，
這是一個很好的緣起。我們從無始以來乃至今日，造作了多少惡業，
很可能也造過五無間罪，我們的罪業就如須彌山一般的多，
但是我們並不知道。相較之下，今生的罪業及過失，真的還是很微小。
但是，我們既然觀察到自己這些過失及罪業，
就一定要慢慢地去改善它，也不要去太過自卑，
一定要將它正視為過失而去斷除。

祈請佛法該有的心

2010 年，第 28 屆噶舉大祈願法會

佛陀成道後，四十九天不說法，
佛陀可不是到處拜託人學佛法，而是看根器而施予適合的教導。
戒律中也說，「不可對無求法之心者說法。」
佛陀成道後之所以一開始未說法，是因為：「佛法實在太甚深，
一般人很難了解。」這樣勝妙的法，在一切時都是殊勝的，
我們要帶著求法若渴的恭敬心才能得聞正法。
佛陀在修行最初就生起菩提心，在菩薩道時不斷行持菩提心，
終於成佛。對於如此殊勝的佛所宣說的解脫法，
我們當然要不斷至誠的祈請。

成為生命的守護者

2014 年，《了義炬》課程：金剛薩埵開示

我們應當隨時具備如同滿月般的慈愛之心，這真的非常重要。
現今世間充滿了各種苦難，都是因為大家不在乎造成的，
很多人因無人守護而受苦受難，因此，關愛之心非常重要，
我們要成為每一個生命的守護者。

12.25

星期＿＿

一燈能破千室暗

2015 年，第 32 屆噶舉大祈願法會

我們都可以看到身處的這個世界，災難和困難層出不窮，
大家心中的祈願、希望更需要堅固，不能動搖，
就如同一個地方即使千劫處於黑暗中，但僅需要一盞小小的燈，
就能照亮黑暗，我們心中有了祈願和希望就能消除黑暗，
希望大家永遠保持這樣的光明。

12.26

星期＿＿

吃苦當吃補的真意

2015 年，開示：無常

偉人並不是一出生就是偉人。
他們之能夠成為偉人，並不是因為生活幸福快樂，
是因為面臨重大的困難和痛苦。
一個人是否能夠成為偉人，取決於他如何面對困難。
普通人遇到困難，便垂頭喪氣，俯首稱臣。
偉人拒絕視痛苦為痛苦，而是視痛苦為機會，
從錯誤和困難中學習，轉困難為自己的朋友，利用它來提升自己。

了知萬法如幻

2014 年，開示：快樂的藝術

修持時不要參雜世間八風，不要為世間八法的念頭所污染，
了知一切萬法如夢如幻，視為幻相。
結合空性，不生任何執著，最終從痛苦之中獲得解脫。

此生來世的兩難是自找的

2015 年，開示：保持修持的清淨

保持我們修法和動機的清淨，
不利用佛法以達世俗的目的，這很重要。
一方面，我們希望照料此生和修持佛法能夠兩全其美。
但另一方面，我們會覺得，如果修持佛法，我們就無法專注於此生；
如果專注於此生，我們又無法修持佛法，這是個難題。
但這其實是我們自己製造出來的，事實上並沒有這樣的問題。

12.29
星期＿

憶念諸佛的核心
2011 年，噶瑪巴九百年活動開示

在佛教中，我們會提到諸佛以及諸佛的男女子嗣菩薩們，
我們會談到一再一再去憶念和憶持他們身、語、
意的崇高善賢功德的重要性。這樣的憶念可做為基石，
進一步來鼓舞我們自己在身、語、意上去效法他們，
如此，我們就能為自己和他人帶來更大的利益。
我認為這才是真正實踐紀念和憶念的核心要點。

12.30
星期＿

解脫也是最終目標
2012 年，〈金剛總持簡短祈請文〉開示

有「主要、次要」目標是很重要的，
佛法修持時，我們要知道主要目標是什麼？
主要目標是要具備能幫助未來生生世世的安樂，次要是今生安樂，
如果你是一位商人，你會瞭解到，不論生意好不好，
都不會對你的心產生太大影響，因為你會知道這是短暫安樂，
重要的是長遠的目標，透過佛法修持，
而能夠生生世世在修行道上前進，最終得到解脫，這是最重要的。

善行修持的年度結算

2009 年，接見第 27 屆大祈願法會全體義工

好好靜下來，整理一下自己的心、
自己的生命，做個人修行的年度總清點。
我們常忙忙忙，讓身心都是透支的狀態，
我們要檢討一下這一年自己在善心、善行上做了多少，有沒有盈餘？
或是透支？我們要讓自己的生命，像花一般盛開，芬芳四溢。

國家圖書館出版品預行編目(CIP)資料

慈悲喜捨每一天--讓愛無限延伸的365種修練 /
第十七世法王噶瑪巴鄔金欽列多傑著. -- 初版.
-- 新北市：眾生文化, 2015.12
242 面 ; 17x22 公分. -- (噶瑪巴教言 ; 11)
ISBN 978-986-6091-53-7 (精裝)

1.藏傳佛教 2.佛教說法

226.965   104023759

噶瑪巴教言 11

慈悲喜捨每一天──讓愛無限延伸的365種修練

作　　者　第十七世法王噶瑪巴　鄔金欽列多傑
編　　選　了覺法師、了塵法師
圖片提供　噶舉大祈願法會、大寶法王中文官網
發 行 人　孫春華
社　　長　妙融法師
總 編 輯　黃靖雅
執行主編　李建弘
封面設計　大象設計
封面攝影　殷裕翔
內頁構成　舞陽美術・張淑珍
行銷企劃　劉凱逢
印務發行　黃志成

台灣發行　眾生文化出版有限公司
　　　　　地址：220 新北市板橋區四川路2段16巷3號6樓
　　　　　電話：886-2- 89671019　傳真：886-2- 89671069
　　　　　劃撥帳號：16941166　戶名：眾生文化出版有限公司
　　　　　電子信箱：hwayue@gmail.com　網址：www.hwayue.org.tw

台灣總經銷　飛鴻國際行銷股份有限公司
　　　　　地址：231新店市中正路501-9號2樓
　　　　　電話：886-2-82186688　傳真：886-2-82186458

香港經銷點　里人文化事業有限公司
　　　　　地址：香港荃灣橫龍街78號正好工業大廈25樓A室
　　　　　電話：852-2419-2288　傳真：852-2419-1887
　　　　　電子信箱：anyone@biznetvigator.com

初版一刷　2015年12月
I S B N　978-986-6091-53-7（精裝）
定　　價　280元